沢里裕二

処女刑事
歌舞伎町淫脈

実業之日本社

実業之日本社文庫

目次

本書は書き下ろしです。

本作品はフィクションであり、実在の個人・団体とはいっさい関係ありません。（編集部）

処女刑事

―歌舞伎町淫脈―

第一章　圧力

1

四月一日。朝。

真木洋子《まきひろこ》はこの転属に対して、いまだに納得がいかない思いのまま、中央線荻窪《おぎくぼ》駅から電車に乗り込んだ。役人に転属はつきものだが、どうにも腑に落ちない。

新宿《しんじゅく》七分署への異動初日である。電車は、ひどく混んでいた。

それにしても、どうして自分が捜査の前線に行かなければならないのだ？

エイプリルフールの悪い冗談なら、はやく嘘だと教えて欲しい。

これはあまりにも無慈悲な人事だ。

もともと自分は事務方の分析官である。もちろん警察官であるかぎり、一度は現場に出ていくべき時期だ。三十三歳は現場に出る適齢期である。そこまでは理解できる。

しかし転属先があまりにも、ひどすぎた。

「新宿七分署 性活安全課 課長」

これが自分の新しい肩書だ。

警視庁幹部もよりによって最悪の部署を用意してくれたものだ。親にも友人にも見せることの出来ない名刺を持って、これから毎日新宿へと向かわなければならないとは情けない。

警察官僚としての未来が閉ざされた気分だ。

満員電車の人波に押されながら、洋子はふたたび胸底で呟いた。

私は、なにしに新宿へ？

事の起こりは、こうだ。

三か月前。警視庁犯罪抑止部分析課に在籍していた洋子は、突然、刑事部長から呼び出された。

『真木君。東京五輪を五年後に控えて、都庁も都議会も、日本の恥部である歌舞伎《かぶき》町《ちょう》の裏風俗を一掃したいと考えている。超保守派の知事の厳命だ。都庁のおひざ元に、あのような風俗街があるのが許せないといってね』

『同感です』

たいがいの警察官ならそう答えるだろう。

洋子もまさか、自分がその前線に立たされるなど思ってもいなかったので、愛想よく、そう答えた。

『やはり、キミもそう思うかね』

『はい』

世間話ぐらいの感覚で頷いた。

警視庁がこの件を都議会から急かされているのも知っていた。

旧コマ劇場界隈の再開発を主軸に歌舞伎町のブロードウェイ化を模索する東京都にとって、あの風俗街は、とにかく目障りでしかない存在なのだ。

かつて大手町《おおてまち》にあった都庁は、新宿に移転した当初から、歌舞伎町を日比谷のような品のよい「文化の町」に作り変えようと躍起になっている。

しかし、進展はしていない。それもそのはずだ
日比谷と歌舞伎町では町の遺伝子が違いすぎるのだ。

分析官としての洋子の調査でも、そういう結論に至っている。もちろん、そんなことは口にしない。官僚とは思ったことを口にしてはならない職業だ。

お愛想で頷いた次の瞬間、刑事部長はとんでもないことを口にした。

『真木君。新宿に行って、陣頭指揮を執ってくれないか』

のけ反りそうになった。

どうして刑事部でもない自分がそんな内示を受けるのだ。

洋子の所属は本庁犯罪抑止部分析課。つまり自分の仕事というのは、蓄積された過去の犯罪データから、未来における犯罪のトレンドを早期に導き出すとか、犯罪者の心理を分析するような仕事だった。

『はぁ？　事務方の私がですか？』

『キミの論文を見たよ。あれをぜひ実践してみて欲しいと、幹部会で決まったんだ』

論文？　陣頭指揮？　訳がわからなかった。

二分ほど考えて、ようやく思い出した。三年前に出した「歌舞伎町分割提案書」だ。たしかにそんなものを書いて提出した覚えがある。

論文などという代物《しろもの》ではない。小学生の夏休みの作文程度のものだ。

『真木君のあの提案書を政治家たちが高く評価してね。それで君が適任という結果になったのさ』

人生最大の不運に見舞われたと思った瞬間だった。

そんなことで、人事を決めていいのか？　嘘でしょう。

桜田《さくらだ》門《もん》では時おり「庁内アイディア募集」とか「警察の未来像」などという作文を募集する。民間の会社を真似て、士気高揚とガス抜きのために、こうした募集が定期的に催されているわけだ。

役所らしく、一部署最低一本の提出が義務付けられていた。

犯罪抑止部は日頃からデータ分析に追われ、何かと報告書を書くことが多い。だから好き好んで、そんな作文を書く人間なんていなかった。

『なあに、うちはデータ分析による、理論構築の専門部署なんだから、机上論を出せばいいのさ』

当時の部長からせがまれ、犯罪抑止部の中で一番の若手だった自分が引き受けるしかなかった。

そこで二度とこんな煩わしい論文作成などまわしてこないようにするために、直属の上司でさえ絶対に採用しないような案を考えた。

洋子は分析官として徹底した「机上の論理」を書いて上司に見せた。その場でボツにされることを願って打ったものだ。

それは歌舞伎町から、風俗街だけを分離移転させてしまえばいいという、とんでもなくふざけた提案書だった。

高校生時代に友人たちと「香港と大阪を交換してみたらどうか？」みたいな、行政ごっこをやったことがある。飲み会での一種の言葉の遊びだ。T大の法学部を目指して、受験勉強していた頃は、こんな言葉遊びが息抜きになった。

「街の景観が似ているから、いいじゃない？」的なバトルだ。

「じゃあさ、北海道とオレゴン州を交換するのは、どうよ。日米で、飛び石統治するってのはさ、二十五世紀ぐらいには、ありかも知れない」

そんな与太話をしていた頃の思い出を参考にしたわけだ。要するに、机上の論理というのは、こういうものなのだ。

実際、分析官とは、机上の論理を考案するのが仕事で、時にこのような、荒唐無稽な仮説を立てることもある仕事だった。与太話は案外無駄にはなっていなかった。論理上ならありうる仮説を山ほど並べることによって、現場の盲点を突く。それが役目の部署である。

ほとんど役立つことはないが、それでも前線の捜査官からは、五年に一度ぐらい相談を寄せられることもある。行き詰まった時のヒントになることもあるらしい。

洋子はとにかく、理想論を訴えた。

書き出しはこうだった。

『都市には整理整頓が必要である。徳川幕府が日本橋から吉原に遊郭を移築したように、いっそ歌舞伎町の半分を、町ごと、どこかに移転してしまうのはいかがでしょう』

高校時代の言葉遊びを、そのまま活用したわけだ。

『たとえば歌舞伎町一丁目だけを、渋谷《しぶや》の円山《まるやま》町に移転する。渋谷センター街からまっすぐ風俗街に進むのは、同じ猥雑同士で共栄できることになるのではないでしょうか』

部長たちが呆れる様子が目に浮かんだ。自分でもありえないと思っている。

『さらにゴールデン街は、渋谷のんべい横丁と合体させます。同じような旧式の横丁なのだから、合致しやすいと考えます』

コントの台本を書いている気分だった。

『逆に渋谷公園通りのハイファッションな店を歌舞伎町一丁目の風俗が抜けた後に

誘致することにします。これで旧コマ劇場を中核にしたブロードウェイのような町が出来上がるのではないでしょうか。健全で、お洒落《しゃれ》な町に生まれ変わります。通称町名を歌舞伎町から〈S&Dストリート〉とすれば、さらにチャーミングになるのではないでしょうか。歌＝ソング、舞＝ダンスの意がありますので、町の由来は残ります。この方が、お洒落で、女子好みと考えます。

いっぽう歌舞伎町二丁目は、一丁目ほど表立った風俗店がないので、そのままにしておいていいのです。こちらには、低俗なホストクラブが数多くあるのですが、ホストクラブは一丁目から風俗嬢が消えることによって、自然消滅することでしょう』

そんなことを書いてしまった。

われながら、笑ってしまう作文だ。

『史上最大の机上の論理だ』

犯罪抑止部の直属の部長もあきれ返ったが、

『真面目くさった提案書ばかりでは、審査する上層部の人間もさぞかしくたびれることだろう。箸休めのジョークのひとつも必要だろうよ』

そういって提出してしまったのだ。

普通、提出しない。べつな人間に、書かせる。洋子は部長を呪った。

当然警視庁の上層部は爆笑しながらこの提案書を読んだに違いない。受けるには受けたらしい。あくまでもお笑いとしてだ。キャリアとしてキズが付いたのではないかとうろたえたが、すぐに忘れ去られてしまった。そう思っていた。

あれから三年、洋子ですらあんな提案書を出したことを忘れていた。

ところが、である。

どうしたことか、この提案書はシュレッダーにかけられる前にある国会議員に流れてしまったのだ。

手に入れたのは与党の大物女性議員。東京に選挙区のあるこの女性議員は、シンパである都議に、それを焚きつけた。一年前のことである。

政治家にとっては格好の理想論であったのだ。洋子はその台本を書いてやったことになる。その頃から都議会筋で、警視庁の女性キャリアが孤軍奮闘しているという噂がたつようになった。洋子は小っ恥《こ ぱ》ずかしかった。

——まったく奮闘する気などない。

困ったのは洋子よりも警視庁自体となった。あわてた幹部たちが、格好のアピール作戦を考えたということにする。

『真木君。新宿七分署に行って、思う存分辣腕を奮って来てくれたまえ。なあに、一丁目の分離なんて、そんなことは議会が考えることだ。警視庁としては、この際、真木君が女性の立場から、大いに歌舞伎町の性風俗浄化をアピールしてくれればよいのだよ。部下には各署から性犯罪のエキスパートを集めておく。真木君はおもにマスコミに向けて、このことをアピールしてくれ』

そういう手を打つことにしたわけだ。

直属の上司がすまなそうに、東京都地図を広げてみせてくれた。地図の上で、指を動かした。新宿は桜田門の左に位置していた。左遷ということだ。

運が悪すぎる。

そういうわけで、今日から勤務先は桜田門ではなく新宿になった。通勤時間は短縮されたが、三十分遅く家を出たせいで、電車は昨日よりも混んでいる。

やることなすこと、ついていない。

しかし、やるしかないのだ。官僚にとって辞令は絶対的なものであり、その命を乗り越えて、さらなる飛躍がある。

洋子は次第に勇気を取り戻していた。

性活安全課。警視庁管内にたったひとつしかない部署だ。一時間後に、自分はその初代課長になる。いろいろ不満はあるが、午後の記者会見は、気合を入れてやってやる。これが天命というものだ。

第一声は「本番は絶対にやらせない」に決めている。

声のトーンをぐっと落として、渋く決めてやる。

売春は現逮《げんたい》しか手がない犯罪である。自白も簡単に覆される。

ということは、潜入捜査が肝要であり、徹底した内部の把握が決め手となるはずだった。

「自分も捜査の前線に出ます」

マスコミの前ではそう宣言しよう。本庁の幹部たちも拍手してくれることだろう。

与えられた部下は六人。それぞれ専門部門からの推薦を受けた性犯罪のエキスパートたちとのことだった。

自分も含めて七人。「七人の刑事」だ。大昔のテレビドラマのようだ。いや「歌舞伎町に集合した七人」はベストセラー小説のタイトルのようでもある。

そこを強調することにしよう。

2

電車が揺れていた。身体がどんどん押されていた。胸と尻が極端に圧迫される。洋子は眼を開けた。視界が閉ざされていた。

脚を拡げ、靴底に力を籠《こ》めて踏ん張った。

ふと、車内に籠《こも》った温気《うんき》がスカートの中に流れ込んできた。パンティの底が温められる。微熱に股の粘膜を刺激された。卑猥な妄想をしたときのように、肉裂が濡れてきた。

そんなことに気を取られている場合ではなかったが、ジャケットとブラウスの中に眠るバストの山も汗ばんできた。

車内は暑すぎた。四月とはいえ、まだ花冷えの季節とあって、暖房がたっぷりと効いているせいだ。

ブラカップの裏側がぬるぬるしてくるではないか。乳首がちょっと痒《かゆ》くなった。混雑しすぎて、自分では触れないので、身体をわざと捩《よ》じった。傍らの男の二の腕あたりに、片胸のふくらみを触れさせて、先端を擦《こす》りつけた。

ゾクリとさせられた。乳首が強く押され、快感に乳房全体が疼《うず》かされた。性感が乳首から乳山のふもとまで、渦巻き状に落ちてきた感じだ。たっぷりと着込んだ衣服の下で、皮膚がざわめきたった。

かなりまずい状態になってきた。

女として、これはあまりにも恥ずかしすぎた。洋子は意識を変えようと、あたりを見回した。

車内広告を眺めるだけでも、脳の意識を別な方向へと導くことが出来たりするものだ。

もっとちゃんとしなきゃ。

そう思って、視線をあちこちに這《は》わせたが、見えるのは、他の客の胸元や背中ばかりだった。闇に近い。視覚が防がれたせいで、余計にもやもやとした気分にさせられた。

こんなところで、淫らな気分になっている場合ではないと、思えば思うほど、逆に刺激が押し寄せてくるのだから、悲しくなる。

女の身体と脳のややこしさに、洋子は途方に暮れた。

あろうことか、股の秘裂は開き、中の筋が蠢《うごめ》きだしていた。最悪なことに肉芽も硬《かた》締《じ》まりだしている。擦りつけたい衝動に駆られたが、バストと違って、さすがに他人の太腿に股を擦りつけるわけにもいかない。

いらいらとした気持ちで、洋子は股を擦り合わせた。左右の太腿を寄せ合い、割れ目を捩じり合わせるしかなかった。そうやって淫気を散らすしか……。

ところが高円寺《こうえんじ》を過ぎるころには、すっかりのぼせた気分にさせられていた。額にまで汗が浮かんでいる。暑さによる汗だけではない。エッチ汗が混じっている。

こういうときはとにかく淫脳を閉じなければならない。

頭の中で、今日の仕事の手順を決めることにした、頭脳を必死にそちらに寄せていく。新任地での大切な初日だ。淫気を催している場合ではない。意識を別な方向に持っていき、乳首と股間の興奮を冷まさなければならない。

周囲の男たちの分厚い身体に、両肘や腰骨を押されながら、洋子は午後に行う予定のスピーチを、もう一度暗唱し直すことにした。メモなど見ずに、まっすぐにカメラ目線で語ろう。それがこの異動で、最も期待されている任務である。

歌舞伎町浄化作戦。そのシンボルになる……。

えっ？

圧迫ではなく、臀部《でんぶ》が撫でられたような気がした。洋子は首だけ曲げて、後方を確認したが、分厚い男の胸しか見えなかった。

これは？　どうなっている？

眼を瞑《つぶ》っている間に、周囲の人間たちが一変していた。

つづいて右側から腰骨の下あたりを撫でられた。尻山の側面からカーブに沿って、手のひらが太腿に落ちていく。粘つくような手の感触だった。

いや、そんな気がしただけかもしれない。確証は何もない。首を曲げて、その方向を向くと、手はすぐにひっこめられていた。

左右を見回した。ぞっとした。

なんだ、この男たちは？

三百六十度視界が遮られてしまっている。男たちの肩や胸しか見えない。全員黒い背広を着ているのも不気味だった。

洋子は長身である。一六九センチはある。さらにヒールを穿《は》いているので、一七五センチ近くあるはずだった。

その高さでも周囲が見渡せなかった。巨漢の男たちに取り囲まれていた。

これはどうでもいいことではあるが、自分はバスト九四、ウエスト六一、ヒップ八六だ。かのマリリン・モンローと同じ体型である。

その自慢のプロポーションがとてつもない巨漢の男たちに、すっぽり取り囲まれていた。

――意図的に囲まれている。

そう確信した。

背筋の汗が冷たいものに変わった。

見上げるようにして正面の男の顔をのぞいてみた。

スキンヘッドにサングラス。口ひげをはやした男が、こちらを見下ろしている。朝の通勤電車には似合わない極悪な人相だ。ブルース・ウィリスに似ていなくもなかった。もっとも西洋人ではない。

左隣の男を見上げてみる。

こちらは金色の髪をオールバックに固めていた。やはりサングラスをかけていたが、この男も明らかにこちらを見つめている。こいつはアーノルド・シュワルツェネッガーか元F1ドライバーのミハイル・シューマッハに似ていた。

逆サイドの右側の男はもっとも凶暴そうだった。首まで刺青《いれずみ》が入っている。複雑すぎて刺青の柄はよくわからなかったが、洋風であることだけは判別できた。この男だけは素顔を晒《さら》していた。細い眼だ。ガムを噛んでいる。

視線が合うと、にやりと笑われた。

身の毛もよだつほど、冷淡な視線だった。

その他にも洋子を囲むように、ぐるりと巨漢の男たちが塞いでいる。合計八人。

どんどん詰め寄ってくる。

——なぜだ？

背後の男たちもおなじように巨漢であるらしいが、もはや振り向いて確認することも出来なかった。

じりじりと身体を押し付けてくる。洋子の身体は円い渦の中にすっぽりと収められてしまった。

男たちは身体を寄せてくるだけだ。なにかを仕掛けて来ているわけではない。叫ぶわけにもいかなかった。

さらに半歩ほど輪を縮められた。さすがに、苦しい。圧縮器で、押し潰《つぶ》されるような感覚だった。マリリン・モンローと同じ体型が次第に潰されていく。

「うぅ……」

洋子は短く呻《うめ》き声を上げた。

盛り上がっていたバストが前の男の胸板に、ぐしゃりと押し潰された。ブラジャーがひしゃげる。乳首がカップの内側に思いきり擦れた。性感が疼かされた。女はこんな場にあっても、粘膜は感じる。

臀部にも圧力が加わった。後ろの男が太腿で押してきているらしかった。おそらくこの男も相当背が高い。そうでなければ自分の尻山を太腿で押すなど出来るはずがない。

「はぅ」

尻の片山を押され、くわっ、と尻が割られた。片方だけが持ち上がり、つられて、尻の割れ目を片開きにされた。

洋子は身体を揺すって隙間を作ろうとした。懸命にもがいた。無駄だった。

尻をドスンと押されて、バランスを崩して前のめりにさせられた。

「あぅ」

洋子は両脚を微かに開いて踏み耐えた。そのぶん、前の男の胸板に額が押し付けられた。

その男に今度は後頭部を押された。顔が床に向く。ハーフアップにしていた髪の毛の根元を押さえつけられた。強い力だ。

——何をされる？

恐怖に気が遠くなりそうになった。

叫びたかった。誰かにこの異変を報《しら》せなければ、ただならぬことになる気配を感じた。

だが微妙だった。叫ぶと同時に、より凶暴な仕打ちを受けるかも知れないのだ。

男たちの目的がわからない。単純な集団痴漢か？　いや、洋子を警察官僚と知っての凶行に違いない。本能がそれを教えていた。だとすれば狙いは、想像できる。

洋子は鞄の把っ手を強く握りしめた。

洋子の頭を押さえる手に力が加わってきた。

頭を上げようとしても上がらない。男の手圧は猛烈だった。

見えるのは男たちの靴ばかりになった。

男たちの靴先が鈍い光を放っていた。

全員背広姿なのに、靴だけが不釣り合いな編み上げの長革靴を履いている。兵士のような靴だった。そのうえ先端には鉛のようなものが付いていた。黒光りする鋭利な鉛のようだった。

――あれで蹴り上げられたら、顔面が破裂する。

咄嗟にそう想像した。

正面の男は洋子に、これを見せつけたかったのだ。

だから頭を押さえつけている。

しかも、いつでも洋子の顔面を蹴り上げられる体勢を取ったことになる。

やはり叫ぶには、リスクがありすぎた。

洋子はそのままの恰好で、しばらく電車が走る音だけを聞いていた。息が詰まりそうだ。

身体が小さく揺れる。頭を下げた状態が続いたので、頸椎《けいつい》が痛くなり、次第に血がのぼってくる。口を開いて酸素を取った。

——どうすればいい？

警察官とはいえ、現場の捜査などしたことがなかった。

毎日本庁の皇居の堀が見える研究室のような部屋で、データ分析をしていただけだ。荒事《あらごと》など、報告書でしか知らない。

近づきつつある暴力の気配に、胸が詰まりだした。股間の肉裂も収縮している。

ちゃぷっ、と鳴った。小さく失禁。必死で肉路を締め上げる。

恐怖にさらされてはいるが、まだ羞恥心もある。

その時、尻に打撃を受けた。ガツンッ。そんな勢いだった。

3

「いやっ」

顔面ばかりに気を取られていたら、尻の谷間を思いきり太腿で蹴られていた。尾骶骨《びていこつ》が痺れ、股底の粘膜がひしゃげた。ジュッと漏らしてしまう。膣口をきつく締めて、止める。

「いやっ」

小さく悲鳴を上げた。瞬間、前の男の爪先が、軽く上がった。洋子はそれ以上大きな声を上げなかった。いうなりになるしかない。

コートのセンターベンツが左右に割られ、タイトスカートの裾下から、男の太腿が挿《さ》し込まれてきた。

股底の割れ筋の間に、ちょうど太くて硬い腿が入ってくる。

電車の振動に合わせて、ずいずいと太腿を押し込まれた。スカートの縁が、徐々に捲《まく》れあげられる。

男は指など、使ってはいない。

踵を上げて、太腿を上手に使い、スカートの裾をたくし上げ、女の一番柔らかい粘膜を摩擦するように太腿を動かしている。

電車の揺れにあわせて、楕円形の肉処に重圧をかけられた。そのまま肉裂をぐいぐいと擦られた。

「ぁぁ」

濡れた肉裂が、太腿の圧に無理やり開かされ、押し花のように伸ばされていく。身体中の皮膚がざわめき、乱れた息が口を突いて出る。恐怖感と性感が同時に押し寄せてきた。

洋子は片手で裾を押さえようとした。

いきなり左右の男たちが身体を寄せてきた。力いっぱい押してくる。圧力で腕が持ち上がらない。首を垂れたまま、洋子は何ひとつ身動きがとれなくされてしまった。

とうとうスカートが完全にずりあがり、パンストに包まれた尻山を剝き出されてしまった。臀部だけが涼やかな感触に包まれる。

黒いパンストの網目に包まれたシルバーのパンティの臀部が、後方にいる男たち三人には丸見えになっているに違いない。

「やめてっ」

僅かながらにも抵抗を示す悲鳴を上げた。

前の男は頭を押さえつけたまま微動だにしなかった。

後ろの男は、そんな声など、いくらでも出せといわんばかりに、太腿をより擦り上げてくる。

「あっ、あっ、あんっ」

悲鳴ではなく、艶《つや》のある声を上げさせられた。女にとってこれほどの屈辱はない。

パンストとパンティの股布の上から女陰を責め立てられ、ざわざわと衣ずれの音が鳴っている。

「くぅう」

太腿の硬い筋肉で、平べったい女の股の粘膜をじわじわと擦りつづけられては、たまったものではない。じわじわと快感がこみ上げてくる。

パンティの中がグチョグチョになり始めてきた。

洋子はいつしか極点に向かいたくなっていた。最低の心境だ。

卑劣極まりない男たちだと心では罵りながらも、肉処はどんどん蜜液を溢れさせている。

パンストのセンターシームまでが肉裂に食い込んでくる。これが効いた。

——あっ、だめっ。

センターシームの太い紐に、盛り上がった女の肉丘を見事に左右に振り分けられてしまった。ぐちゃ。太い紐が、割れた肉まんじゅうから飛び出した肉芽に押し当てられた。

腿で擦る男が、股底に与える振動を縦から横に変え始めた。

——あぁ、擦れるぅ……

センターシームの太紐が、肉芽に引っ掛けられて、揺さぶられた。

「あはっ」

乳首を指先で掻いた感じに似ていた。これでは、ひとたまりもなかった。

「ぁあぁ」

洋子は一気に極点を味わわせられた。

まさに最悪の状況での絶頂である。

——いやぁあああああ。

唇をきつく結んだまま、胸底で叫んだ。とてつもなく気持ちがよかった。

完全に一度果てさせられてしまった。

そのままパンティの中で肉芽を腫らし、余韻に浸かった。蜜はまだとめどなく溢れ出てきている。

何が起こり、どうしてパンティを濡らすことになってしまったのか？

すぐに解けようがなかった。あっという間の事だった。

車内アナウンスを聞いた。次の駅を伝えている。新宿よりもまだいくつも手前だった。

電車が止まった。

そのとたん、男の太腿の動きもピタリと止んだ。股間から静かに太腿が外される。

「はぅ……」

喪失感があった。こんな時に抱いてはならない感情だった。

なんてことだ。洋子は自分自身の淫気を呪った。

扉が開く音がした。洋子は男たちの隙間から開いた扉の先に見える光明を探した。

何も見えなかった。もがいてみたが、それも無駄だった。身体は一ミリも動かなかった。

扉が閉まり、電車が再始動した。ガクンと揺れる。また太腿が動かされるのか。

「あうっ」

違った。突如、股間が火を噴いたような衝撃に襲われる。腿ごときではない。強烈な膝蹴りだった。尻が見事に左右に割れ、その真ん中に膝頭が食い込んでいる。

「ぁあああぁ」

もう一発見舞われた。今度は股間の肉処を堂々と打ってくる。恥骨が砕けるような衝撃だった。膝頭は太腿よりも百倍の威力だ。クリトリスが破裂した。

いっくぅぅうう。

自慰では得たこともなかった快痛に、目が眩んだ。

男は膝頭を肉処に擦りつけたまま、滅茶苦茶に動かしてくる。

「はぅ、はぅ」

上擦った声を上げさせられる。シルバー色のパンティの股布を咥え込んだ秘裂が、ねちゃくちゃと、のたうちまわっていた。

洋子は身動きできない総身を、何度も痙攣《けいれん》させた。

快感の極点が次々とやって来る。一度絶頂を極めた淫処は、昇り詰めやすい。このままでは、何度も昇らされ、狂い死にさせられそうだ。

いやぁああ。

膝から放たれる圧力に、口から泡を吹き始めていた。

「あかあああああ」

それでも男は圧力を弱めてくれない。

強い刺激をジンジンと受けた。これはひとつの拷問だった。快度の高すぎるいたぶりだった。しかも動けない。これでは本当に気が狂ってしまいそうだ。

「あふっ」

淫核はすでに包皮ごと真《ま》っ平《たいら》にされてしまったのではないだろうか。

「お願いです。もう許してください」

洋子はつぶやくような声で、懇願した。前の男には届いてくれたかもしれない。後ろの男はこちらの絶頂感とは無関係にいたぶってくる。

正直、性感は昂《たかぶ》っている。昂りすぎている。後ろの男は膝頭をついにクリトリス一点に向けてきた。死んでしまう。

「あっ、いやっ、だめっ」

とうとう大声を上げて叫んでしまった。

さらにもっと大きな声を上げなければ、この悶えは、逃せない。

「あぁぁあっ、やめてっ」

叫ぼうとしたその口を、右隣の男の手で抑え込まれた。野球のグローブのような手だった。洋子の顔全体がそっくり包まれた。視界がなくなった。

4

ふたたび視界を得た時には、とんでもないことになっていた。

――そんなっー。

すぐには声が出なかった。

後ろの男にタイトスカートを腰骨の上まで擦りあげられ、黒網のパンストとシルバーのパンティを完全に引き下ろされてしまっていた。

ほんの一分ほどの間の出来事だった。

パンストとパンティは、膝まで下げられ、生尻がツルンと剝けていた。

「濡らしちゃっているじゃないか」

はじめて男の声を聞いた。後ろの男の声だった。低く掠《かす》れた声だ。

「いやっ」

女として一番恥ずかしい部分を、凝視され、洋子は激しくもがいた。

背後の男の指が二本、肉襞に伸びてきた。V字型に開かれる。

「それだけはやめてっ」

尻を振って抵抗しようとした瞬間、男は肉芽を摘まんだ。親指と人差し指で、挟み込み、引っ張っている。うぶ毛が逆立つような苦痛と、脳が痺れるような快楽を同時に味わった。

「いやぁあああ」

大声を上げたが、すぐにまた横の男にグローブのような手で口を覆われた。今度は口だけを塞いでいる。

正面の男には頭をさらに押さえつけられた。むりやり床に視線を向けられた。見ると男の靴先が軽く持ち上がっていた。

鉛が鈍く光っている。洋子は息を呑み、声を殺すしかなかった。

どうにか局面が変化するまで、耐えなければならない。洋子は覚悟した。そのまクリトリスと肉ビラを好きに触らせた。

他の男たちが、バストに手を出してくる。あちこちから手が伸びて来て、コート、シャツ、ブラウスのボタンが、あっという間に、外されてしまった。

ブラカップも引き下ろされた。豊満な乳房が引力の法則に従って、床に向かって垂れる。

それを支えるように、大きな手のひらが幾つも差し出されて来た。乳山をグシャグシャに揉まれる。

「はんっ」

尖り切った乳首をいきなり摘まんだ男がいた。正面の男だった。太い親指と人差し指で、右の乳首をぎゅっと押し潰してくる。

痛いほどに圧迫された。

これも自慰では得たことのない領域の快感を運んできた。洋子は背筋をぴんと張って悦びを表わした。

「あふっ……な、なんでこんなことを……私、警察の者です。現行犯で逮捕しますよ」

「これは、圧力なんだよ。ほら、きついだろう圧力って……」

乳首がぎゅうぎゅうと潰される。洗濯鋏で摘ままれたら、こんな痛みなのではないだろうか。洗濯鋏を使ってみたくなるほどの疼きに、洋子は翻弄された。

「んんんん」

あまやかな声をあげた。額と乳房ににじり汗が浮かぶ。

「どうだ？　痛いだろう」

他の男たちの手も奔放に乳房を弄《いじ》っている。

「ぁあっ。こんなことをして、許されるとでも」

乳山の麓から乳首に向けて、絞り出すように揉み上げてくる。乳の代わりに、股間でジュッと蜜が噴きこぼれた。

「……私を警察の者だと知っての犯行ですか？」

「そうだ。これは歌舞伎町からの圧力だ」

乳首と乳房が一斉に押された。堪えようもない快感に疼かされ、感極まった。

「あぁあ、あんっ、あんっ」

猛烈な圧力だった。洋子は呻いた。痛みを伴う快感が下半身に落ちていく。

「いやぁ……そんなに潰さないで……」

はじめは喘ぎ声を聞かれることに抵抗があったが、あまりの圧力に、一足飛びに感覚が乱れた。気づいた時には、恥ずかしいほどの歓声を上げていた。

「あぁあ、乳首が……」

男が期待している声ではなかったようだった。

「まだ、本当の痛みを知らないな」

正面の男が靴を浮かせた。洋子は目を瞑った、顔面に炸裂するに違いない。動けない。蹴り上げられる。このまま受け止めるしかないのか……

「うっ」

激痛は顔面ではなかった。女の割れ目の上方で何かが炸裂していた。後方の男により、淫核を思い切り指で潰され、ガムのように引き伸ばされていた。

「んぐっ」

美貌と呼ばれる顔が、苦痛に歪む。

「はぅう」

顎が上がった。眼を瞑った。唇を嚙む。

「引きちぎってやる」

後ろの男がいっている。本気だ。

「う～んっ……んわっ」

脳内で複雑な思いが交錯する。これはなんだ？　どこまで引っ張られる？　どうしてこんなことをされる？　この男たちは何者だ？

両手両足が伸ばせたならば、自分は泣きじゃくる子供のように、手足を振り回しているに違いない。それが出来ないために、痛みは内側へ内側へと籠められていく。次第に陶然とさせられた。不思議だった。これほどの痛みも、度を越せばいつしか快楽に変わってくる。

「痛いだろう。いいか、この痛みをしっかり覚えておくんだ。歌舞伎町を潰されたら、俺たちはこんな痛みを感じるんだ。だから、あんたにも同じ思いをしてもらう。マメを潰してやる」

洋子にとって、すでにこの痛みは快楽に変わっている。

だが、快楽が嬉しいわけではない。これは蟻地獄に落ちていくような恐怖を伴う快楽だ。このままでは、悶え死んでしまう。本当にそう思った。人は痛みに耐えられなくて死ぬばかりではない。肉体の快度を必要以上に高められても、苦しくて心臓が止まる。

生きなければならない。

そのためには、この男たちに気に入られなければならない。

洋子は背後の男にクリトリスを弄られたまま、目の前の男を上目づかいに見た。

淫らに微笑んでやった。

男は、洋子の媚びなど無視するように、背後の男に「それっ」と合図し、自分の手で洋子の唇を塞いでしまった。

女の媚びにも慣れているようだった。いよいよ覚悟するしかあるまい。悶絶死の危機が目の前に迫っている。

何が起こるのか想像もつかないが、なすがままにされるしかない。とにかくこれ以上感じないことだ。

――あんっ、強すぎるっ。

尻のカーブに沿って、手を回し込んでいた男の指の輪が激しく律動しはじめた。シュッ、シュッとクリトリスを扱《しご》きたててくる。ただその一点だけを擦られ続けた。男根を摩擦する動作に似ていた。地獄の快感に身を包まれる。

とてつもなく早い摩擦だった。

縦の律動に加えて、男はクリクリと捻《ねじ》るような弄り方もしてくる。それも強い圧を加えてだ。

凄まじい擦過《さっか》が巻き起こった。肉芽が竜巻に包まれたように、回転している。気絶してしまいたくなった。いっそ気絶した方が楽になる。

「うわぁぁあああ」

洋子は男の大きな手のひらの中に歓喜の唾液を撒き散らした。

いくら喚いても、律動は止まらなかった。心臓がバクバクと鳴る。快感に息苦しくなってきた。もう何度も昇らされている。声も出ぬほどに、極点に導かれっぱなしにされていた。脳が麻痺しだしていた。気が変になってきている。

——お願い、本当にもうやめて。

クリトリスの擦過だけで、女は殺されるのだと思った。めくるめく圧迫に、脳が破壊されそうになっている。

「ぁあああっ」

涙と鼻水と涎《よだれ》がいっしょくたになって流れてきた。

股間の淫穴からも、蜜汁が瀑布《ばくふ》のように流れている。床に水溜りが出来ていた。いやらしい匂いをあげている。

「いいか、あんたが、やることによっては、歌舞伎町は黙っちゃいない。この何十倍もの痛みと、苦しみをあんたに与えてやる。いいなっ」

男の声に、洋子は泣きながら頷いた。必死に懇願するように頷いた。許して欲しい。

焼け焦げるほどに淫芽を弄りまわされていた。

もう声も出せなかった。

涙とあおっ洟《ぱな》に濡れた顔で、何度も頷いた。お願いだ。もう本当に止めて欲しい。

洋子はがっくりと背中を丸めた。一瞬気を失った。

「おいっ。そこで何をやっている？」

人垣の外側から、甲高い声がした。男の声。この連中の仲間ではないことは明白だ。背後の男が、淫芽を弄っている手を引いた。

——命拾いをした。

正面の男が、洋子の口から手を離した。

「おいっ、そこ開けろっ」

甲高い声の主が、通路を進んでくる気配がした。

洋子自身も口を閉ざした。こんな姿、誰にも知られたくない。男たちの思う壺だが、半裸を衆目に晒すのは嫌だ。警察である前に、自分は女だった。

乳房を揉んでいたいくつもの手が、離れていく。最後に思いきり、乳首を押した奴がいた。別れの契りのつもりか？　気持ちよすぎるではないか。

乳首は悩ましいほどに尖り、もっと弄って欲しいといわんばかりに、ビクンビクンと揺れていた。情けない。

「こらぁ、朝っぱらから〈囲い込み〉をやっているんじゃないだろうなぁ」

声の主はやはり刑事のようだった。痴漢やスリの担当にちがいない。通称、電車番だ。

異様な巨漢男たちの集団を嗅ぎつけて、近づいてきたらしい。

ありがたかったが、この姿は見られたくない。所轄に連れて行かれて、調書を取られるのもごめんだ。

洋子は別な意味で戦慄を覚えた。

男たちの身体を寄せる圧迫が解かれた。

圧迫の輪を緩めた男たちは、総がかりで、ただちにパンティを上げ、パンストを被せ、スカートを下げてくれる。シャツとジャケットのボタンまで締めてくれている。

自分を半裸にした八人の男たちが、今度は、一斉に着衣に協力してくれているのだ。運動会の着せ替え競争のような早さだ。最後にコートのボタンをしっかり締めて完成だった。

洋子はあっさり元の状態に復元された。手際のよい男たちだった。

「おいっ、道を開けろっ」

その声と車内アナウンスが重なり合った。電車は新宿駅のホームに滑り込んでいた。

この顚末《てんまつ》をまったく知らない乗客たちが一斉に扉から出始めた。

男たちも巨軀を揺すりながら、扉に向かっていく。警察手帳を振り回しながら、こちらに向かってくる刑事と男たちが鉢合わせになった。

「何か問題ですか？　刑事さん」

洋子の真正面にいたブルース・ウィリスに似た男が、身体を揺すりながらいっていた。

瘦身の中年刑事が眉間に皺を寄せて、男を睨みつけている。互いの鋭い眼光がぶつかりあった。

刑事が折れた。どうすることも出来ないといった表情だった。痴漢は現行犯逮捕が原則なのだ。

洋子はコートの胸襟《きょうきん》を合わせながら、何食わぬ顔で、扉に向かって進んだ。

刑事と出くわした。

「妙なこととか、されていませんか？」

「いいえ。あの方たちは、見かけによらず、紳士的な方たちでした」

出来るだけ刑事の顔を見ないようにして、すれ違った。

ホームに出ると、すでに階段を昇っている男たちの後ろ姿が見えた。

自分のクリトリスを執拗に摩擦した男がどんな顔をしているのか、知りたかったが、判別できなかった。太い指であったことだけは間違いない。

階段を昇る集団の中で、ひとりの男が振り返った。真正面にいた男だった。洋子に対して、親指と人差し指で輪をつくって見せている。傍目には、OKサインだが、あきらかに肉芽潰しを示している。

男が唇を動かした。ここまで声は届かないが、その唇は「圧力」といっているようだった。

受けて立ってやる。洋子は徹底的に歌舞伎町を潰してやると、腹を括った。

5

「本番は絶対にやらせません」

プレスルームで、そう宣言した瞬間に一斉にフラッシュが焚かれた。目の前で火花が散っている。真木洋子は思わずタイトスカートの前身頃に手を当てて、淫芽を撫でながら、笑顔を作った。

プレゼンテーション用の台に隠されて、下半身は見えないので、平気だった。

それにしても、クリトリスの快感はまだくすぶったままだった。会見席には新しくこの新宿七分署に出来た「性活安全課」の面々が並んでいたが、ひとりだけ欠けていた。

もとマル暴出身の松重豊幸《まつしげとよゆき》だけが会見場に姿を見せていない。

洋子もまだ会っていないベテラン刑事だ。おそらく現場の叩き上げで、いまさら若いキャリアのいいなりになど、ならないといいたいのだろう。所轄にはそういう根性の曲がった刑事がたくさんいると聞いている。

あとでたっぷりと叱責するしかない。警察機構を維持しているのは年功の序列ではない。階級の序列である。たとえこちらが三十三歳で、松重が五十歳であっても、この立場ははっきりさせなければならない。

――こちらは警部だ。

他の五人は着席していた。いずれも頼りない感じの面々に見えた。今朝顔を合わせるなり、全員と面談したが、刑事部長から聞かされていた精鋭たちとは、およそ遠いイメージの部下たちだった。

上原亜矢《うえはらあや》。二十六歳。元生活安全課。万引き担当だったそうだ。ふっくらとした顔立ちで、アヒルのような唇をしている。不良女子高生グループからは「身体検査の上原」と恐れられていたと自慢していた。初犯の主婦ですら疑いがかかると、徹底的に身体中を調べていたそうだ。ところで、今朝の初面談では聞きもしないのに「処女です」ときっぱりとした口調でいわれた。何がいいたいのだ？

小栗順平《おぐりじゅんぺい》。二十八歳。ＩＴ専門担当官。高い専門知識を持っているが、ノンキャリのため所轄勤務から上がれずにいる感じだった。仕事ぶりによっては、より専門知識の使える部署に推薦してやってもいいと思う。目鼻立ちがくっきりとしていてハンサムだ。しかし、ＩＴおたくで、三次元の女に興味がないという。それは上原亜矢が教えてくれた。なぜそんなことを教えてくるのだ？

岡崎雄三《おかざきゆうぞう》。三十歳。本庁公安部外事課からの派遣。外事課といえば、警察機構の中ではスーパーエリートに属するはずだが、転属の理由が語学堪能というだけだった。タガログ語をはじめフィリピン系の総ての語学とタイ語、北京語、広東語、ベトナム語に精通しているという。ちなみにスペイン語とポルトガル語も理解できるらしい。つまり歌舞伎町で働く、不法入国者や売春婦の取り締まりに役立つということらしかった。そんな理由でこの課に出向させられたのならば、自分同様左遷でしかない。テロ対策が本職の外事課では、たいした能力がないと烙印を押されたようなものだ。それとも何か裏があるのか？

相川将太《あいかわしょうた》。三十七歳。地域課出身。道路案内に詳しいからというだけで、配属された。がっちりとした体形だ。柔道が得意らしい。交番勤務が長かったようで、売春婦の顔にも精通しているという。そうはいっても、わざわざ道案内は必要ないだろう。早めに地域課に戻したい。

新垣唯子《あらがきゆいこ》。二十六歳。これは捜査担当ではない。庶務課からの派遣だった。区役所通りに独立したオフィスを構えるために、事務関係を専門に扱う人間が必要だった。活発な印象の上原亜矢と対照的に、楚々とした感じがする。警察署勤務というより、丸の内のＯＬっぽい。この女も、聞きもしないのに「私は処女ではありません」と訳のわからないことをいった。もちろん現場は担当せず、署内の事務方との調整を担うことになっている。要は伝票や書類係だ。なぜ、この席に座っているのかわからない。カメラの放列に向かって手を振るのは、止めさせたい。

この五人に、組織犯罪対策課出身の松重が加わる。ひょっとしたら、頼りになるのは、その老刑事だけかもしれない。

新宿七分署での会見を終え、六人で区役所通りに出来た「性活安全課」のオフィスに向かった。

七分署の刑事課から分派したような「性活安全課」は、風林会館のすぐ近くの雑居ビルに専用のオフィスを与えられることになった。

全員でそのビルに移動する。まったく統一されていない六人で、ぶらぶらと歩いていく。

古い煉瓦造りのビルの六階。部屋は完全にリフォームされているはずだった。

エレベーターホールに降りると、すぐに真新しい扉が見えた。木製の扉だった。

金のプレートが掛けられている。

プレートに「歌舞伎町ナイト」と刻印されている。

怪しげなクラブのようなプレートだ。「性活安全課」の文字はどこにもなかった。

ようするに秘密のオフィスだった。洋子の想像以上に本庁もこの課を重要な部門と位置付けているのかもしれない。

洋子は覚悟を新たにした。今朝の男たちのおかげで、歌舞伎町の裏風俗の存続をかけて、抗《あらが》ってくる勢力が存在することをはっきりと知った。これはキャリアのお嬢様然としていられる仕事ではない。一世一代の勝負になるかもしれないのだ。

他の五人も扉と金のプレートに、感動的な視線を向けている。

「チャンドラーの小説に出てくる探偵事務所みたいですね」

上原亜矢が、はしゃいでいる。亜矢が洋子に先んじて扉を開けようとした。一応上司に対する礼儀を示すといった感じだった。

ギイと音はしたが、一センチほどしか開かない。

「凄く重いです」

儀礼として課長を先に通そうと、威勢よく扉を開けるつもりだったらしいが、腕を押さえて、しかめ面になっている。

「処女には無理みたいです」

「鍵は掛かってはいないだろう。少しは開いたんだから」

交番勤務だった相川将太が把っ手に手を掛けた。腕が筋張った。唇をへの字に曲げ、額に筋を浮かべながら扉を引いている。どうにか開いた。

「これ、見た目は木製ですけど、中に相当太い鉄板が埋められていますよ」

相川は、ようやく開けた扉を軽く蹴飛ばした。音が出なかった。

「吸収マットまで付いているということか……」

太った顔に汗を浮かべ、相川はため息をついていた。

外事課からの岡崎が扉の縁を触った。

「これ、トカレフぐらいじゃ、ビクともしないな」

「いや、三十八口径のニューナンブでも無理だ。弾き返されるというよりも、弾丸がめり込むようになっている」

相川が答えている。警邏《けいら》時代には常時腰に提げていた拳銃も、背広勤務になったいまは持っていないという。

中から声がした。しわがれた声だった。

「その方が弾を探す手間がいらねぇ。撃った弾丸が、そのまま扉に貼りついてくれるというものだ」

これが松重豊幸の声か？　元組織犯罪対策課つまりマル暴担当の男のはずである。

いずれにせよ洋子は話題についていけなかった。自分も警察官だが、銃の話など、リアルに語ったことなどない。捜査の前線に来てしまったことを自覚した。

「こわーい。ここが、そんな課だなんて聞いてないっ」

上原亜矢が両手で胸を抱いている。顔はそれほど怖がっているようには思えない。

「私、処女のまま死にたくない」

好きにしてくれと思った。

「処女じゃなくてもいやです。私、庶務課ですし、そんな危険いやです」

新垣唯子がエレベーターに向かって歩き出した。

――子供じゃないんだ。いやだからといって帰るな。

新垣唯子の手を上原亜矢が引いて止めている。

「唯ちゃん、仲良く撃たれちゃおうよ」

いっていることが、リアルなんだか、コントなんだか、わからない。この部署の課名と同じだ。

洋子は室内へ進んだ。五人が後ろからついてきた。先ほどの声の主は窓に向かってスポーツ紙を拡げていた。後頭部しか見えない。頭髪はだいぶ薄くなっていた。

「松重刑事っ。今朝は会見場に集合となっていたはずです。ひとりだけ勝手は許しませんっ」

その薄い頭髪に向かって怒鳴ってやった。

「課長さんねぇ。売春やその組織の撲滅となりゃぁ、ほとんどが潜入捜査だ。捕まえる方の俺たちが、面《つら》さらしてどうするってんだよ」

松重豊幸がクルリと椅子を反転させた。

「あっ」

この顔。今朝の電車で見た顔。極道風の男たちに詰め寄ってきたあの刑事だ。洋子はとっさに股間を押さえた。

「課長、朝から相当な圧を掛けられていたじゃないですか。歌舞伎町の闇の住人たちを、あんまり侮《あなど》らないほうがいいですよ」

松重豊幸が、口を尖らせながらいった。

第二章　潜入開始

1

上原亜矢は、張り切って捜査の手順を頭に叩き込んでいた。

性活安全課に待望の初事案が入ってきたのだ。

小栗順平の手によって三日ほど前に、ネット情報から本番サロンが割り出されたのだ。

亜矢は、いよいよピンサロへの潜入捜査員になる覚悟をした。これこそまさに自分の出番だ。

脱がせの上原から、脱ぎの上原に変貌してやる。密かにそんな誓いを立てていたのだが、いよいよその時が近づいたと思うと、身体が火照《ほて》ってきた。

亜矢はデスクの上で捜査指示書を、何度も読み返した。いくつもの偽装工作が書かれていた。読んでいるうちに、胸がときめいてきた。

いいかも……私に適役が用意されている。

目指すはピンサロ、歌舞伎町一丁目にある「ニッポンの友」だ。松重いわく、上部組織のはっきりしない得体の知れない店だそうだ。ネット情報からの分析を得意とする小栗順平が、丹念にツイート情報を貼り合わせた結果、不定期ながら本番行為が行われていることがわかった。

小栗順平は超イケメンで、七分署女子署員の憧れの的である。

亜矢はこの小栗を、なんとかとしたいと思っていた。分署から性安専門のオフィスが分かれたので、いまは独占できている。

ライバルは「処女じゃありません」の新垣唯子だけだ。

いやいや、そんなことはどうでもいい。潜入捜査への心の準備をしなければならない。

ピンサロ嬢は、舐めて、弄《いじ》らせるのが仕事だという。しかも今回の捜査では、本番をしなければならなさそうだ。

私、やっちゃうんだ。

果たして、狭い店内で「挿入」はどんな格好でやるのだろう。

亜矢はあれこれ考えた。しかしとにかく店の面接に合格しなければ、はじまらない。面接に出向くための、亜矢の偽装キャラクターの設定は、小栗がすべて立案してくれていた。それを演じきらなければならない。

大ベテランの松重豊幸にいわせれば「ニッポンの友」はこの町では新参者の店だそうだ。最近この町の権益を荒らしはじめた連中の出先機関となっている可能性があるという。

「店の背後を知るだけでも、成果はある」

松重いわく、戦後からこの歌舞伎町に存在する組織の多くは、警視庁が浄化キャンペーンを張る際には、しばらくの自粛をするのが習わしらしい。事実新闘組をはじめいくつかの組がさっそく「協定」を申し入れて来ているそうだ。

警察側の手柄になるように、いくつかの獲物まで提供するというのだ。

課長の真木はその談合を拒否しろといった。

そうした中「ニッポンの友」だけは、歌舞伎町浄化作戦を発表した直後から、本番日を増やしはじめていた。やけに挑発的である。しかも背後の組織がみえないとなれば、潜入捜査しかなかった。

この潜入の捜査手順の根本を立案したのは真木だ。

亜矢の目の前にある指示書は実に単純明快だった。ホステスが嵌《は》めた瞬間に即座に逮捕とある。

指示書を見て松重は笑った。そこまでたどり着くのが難しいのだと、頭を掻いている。同感だった。まさに現場を知らない机上論だ。

そんなに簡単に「嵌めている現場」など押さえられるものではないだろう。キャリアの立てる案とはこの程度の物かと、松重と一緒に笑わずにはいられなかった。

かつて、亜矢が担当した万引きですら、現場を押さえるのは難しかった。

ましてや歌舞伎町の風俗店は、素人集団ではない。援助交際の摘発とは訳が違うのだ。

売春組織が摘発を逃れるために、幾重にも防御線を張っているのは、新宿で働く警察官ならだれでも知っている。それをかいくぐり本陣に手を突っ込むには、相手を相当信用させなければならないはずだ。

この指示書には、その捜査方法がまったく書かれていなかった。

亜矢は、これでは、とりあえず潜入して、五回ぐらいは「嵌める」しかないと覚悟した。囮《おとり》の麻薬捜査官が、何本も注射を打つようなものだ。

何度も本番をやってみせなければ、店の信用は得られない。

そして、そこからが勝負になる。何度か本番を行って、一定の法則を知るのだ。

いずれにしても亜矢は自分がようやく大掛かりな捜査の仲間入りが出来たことを、誇りに思った。しかも業務として、堂々とセックスが出来るのだ。これほどの役得はない。

「今回は深入り禁物だ。売りの現場を押さえて、一度営停《えいてい》を打ってやろう。そこから店と上がどうあがくかを、じっくり見定めるんだ。外国人系が動くのか、あるいは関西が動くのか、その辺が見えれば、次の手を打てる」

捜査会議で、松重が暴力団の下部組織について説明してくれた。それによると大型暴力団は世間が知っている以上に賢い組織だった。

売春にも麻薬にも直接手を伸ばすような真似は一切しない。堅気の会社をいくつも噛ませて、直接支配を避けているとのことだった。

テレビドラマで見るような威嚇的な暴力行為は四次団体と呼ばれる末端組織しか担当していない。金を握る本部では、いまやハーバード出の参謀が官僚以上の綿密な戦略を組み立てている。

課長の真木が「官僚以上の戦略を立てる」と聞いて、負けてはいられないと、机を叩いていた。机は叩いたが、具体策を明言はしなかった。

松重の暴力団の説明は興味深かった。

「暴力団にとって売春ほど旨い金脈はないんだ。麻薬ほどリスクがなく、恐喝や強盗のような面倒もいらない。女が勝手に股に肉棹を入れて、擦《こす》った数だけ金が転がり込んでくるんだ。得意の『睨み』を利かすだけでいい。これほど楽な凌《しの》ぎはないだろう。だからやつらも、必死に抵抗してくる」

資金源に狂いが生じれば、暴力団は、文字通り暴れ出す。暴力、麻薬、詐欺、ありとあらゆる手段に出るだろう。

歌舞伎町全体が修羅場と化す可能性もあるという。そこまでして、風俗を取り締まる必要があるのかと松重はいった。

亜矢も心が揺れた。

金銭を介して、男と女がセックスするぐらいいいんじゃないか。

摘発されれば、店は営業禁止を食らうが、それは三十日がせいぜいである。度重なった店には、さらに九十日の停止処分や、廃業に追い込む手もあるが、店はさっさと登記を替えて、新店を出してしまう。上部組織は、届出上の風俗店など何十店もストックしているのだ。

「上原、売春摘発は駐車違反と同じぐらい際限がない仕事だ。それでもやるか？」

松重に念を押された。つまりは何発セックスしても捜査は終わらない可能性があるということだ。

亜矢はうなずいた。

「さすがは、『マン引き女王』と謳われた上原だな。根性が据わっている」

松重が亜矢の股間に指を突き立てながらいっている。その指をクネクネといやらしく動かした。

「大先輩、スケベな手つきしないでくださいっ」

応えながら万引き犯を捕まえていた頃のことを思い出した。たしかに万引きというより「マン引き」の仕事だった。

女の常習犯がアソコに盗品を隠してしまった時のことだ。口紅やUSB、あるいはボールペンを股間に隠すのは女子高生の常套手段なのだ。男性警備員が手を出せないことを知っていて、半ばゲーム的に楽しんでいる女子高生も多かった。

そんなとき、亜矢は、マルタイの女を立たせ、軽くジャンプすることを促した。拒否したらほぼ決定だ。確実に膣壺に何かを突っ込んでいる。

肩から順に触っていき、腰骨辺りで反応を見る。上目づかいに女の顔を見上げ、目が泳いでいたら、徹底捜索だ。

男性立ち入り禁止の個室で、スカートを捲《まく》り上げる。パンティが膨らんでいたならば、そのパンティを引き下ろす。マルタイは、泣き喚くが、ここは絶対に引かない。ある意味万引き捜査員の醍醐味だ。

無理やりパンティを引きずり下ろし、ボールペンのような長い盗品が淫穴から顔を出していたら、即座に引き抜く。

これが「マン引き」とよばれる所以《ゆえん》だった。

引き抜く際には、何度か往復させて、膣内に摩擦を起こしてやる。喚き声が呻《うめ》き声に変わるまで徹底的に擦ってやるのだ。

擦りながら、

「なあに、これ？　こんなところに挿《い》れるものじゃないでしょう？」

と、いってやる。歓喜の声が出るまで、抽送を繰り返すと、たいがいの万引き女も、涙目になって

「あぁ……ごめんなさい……いやっ」

とうなだれる。この瞬間が捜査官として至福の時だ。

もちろんボールペンは白い液に塗れてしまっているので、弁償させる。

摩擦の途中で、わざと抜けないように肉裂を締める女もいるにはいる。

そういう女は一分ぐらいなら、抜ける、抜けないと、顔を顰《しか》めてみせたりしながら、擦りたててあげる。

「うわぁ、許してくださいっ」

というまで、擦ってやることにしていた。

捜査員にもイカせてあげるぐらいの情けはあるのだ。

口紅のようなすっぽり収まっていそうな盗品の場合は容赦なく肉裂をこじ開けて、指を入れて調べる。最初のうちは、ゴム手袋をはめて、指を突っ込んで、捏《こ》ねくり出していたが、三年ほど担当をして、もっといい方法を発見した。

「出てくるかなぁ？」

と、いいながらクリトリスを擽《くすぐ》ってやるのだ。女の顔を見つめながらやると面白い。それまで突っ張っていた顔が急に溶けだしてくるものだ。

「あぁあ、いやんっ」

と呻いて、吊り上がっていた眉がハの字に下がれば、勝負あり。ぬるりと膣中からリップスティックやら、口紅が吐き出されてくる。

亜矢にとって、万引き捜査員はとても性に合っていた仕事だった。さんざん、万引き女を脱がせ、股間を弄くり回してきたので、天罰としてこの性活安全課に飛ばされたのだろう。だから、今度は私が、脱いで、弄らせる覚悟はある。

亜矢は、松重に深々と礼をして、オフィスを出た。

2

「えっ？　課長も潜入に加わるのですか？」

一週間後、いよいよ潜入を開始するという段になって、亜矢は驚きの声を上げた。

「当然でしょう。処女の上原さんを、ひとりでピンクサロンなんて場所に潜り込ませるわけにはいかないわ」

真木洋子が真顔でいっていた。課長、何を勘違いしている？　本当に処女だと思っているのか。

自分が署内で処女といって歩いているのは、単なるナンパ防止策だ。このアヒルのような唇のおかげで、やたらとエッチな性格に思われてしょうがない。

いや実際、エッチな性格なのだが、ヤルのだけが目的な男は困る。

そこで処女だといい張っている。

『一発やったら結婚を迫る面倒くさい女』を、装っているのだ。

おかげで、手を出してくる男は少ない。

もっとも庶務課の親友新垣唯子は異なる見解を示している。

『亜矢ちゃんに、誰も手出ししないのは、署内相関図に入りたくないから。みんな亜矢ちゃんが、ヤリマンなのを知っているのよ』

ふんっ。これはやっかみでしかない。

自分に対する批判はすべて、嫉妬と受け止める。私はそういうことにしている。

この考え方は便利だ。毎日をポジティブに過ごせる。

それにしても課長が、上原亜矢処女説を信じてくれているとは意外だった。よほど世事に疎いと見える。

「まずは、私が単独で、ある程度探りを入れてからでも、良いのではないでしょうか」

いくらなんでも、キャリアの課長に、股を開かせるわけにはいかない。それでは部下の名折れだ。

「いいえ。捜査はふたり一組が原則でしょう」

たしかにいう通りなのだが、それなら、庶務課の新垣唯子を捜査員に抜擢《ばってき》すればよいではないか。あの女「処女ではありません」が口癖だ。

「では、私と唯子で、入ります」

新垣はやりたくて、やりたくてしょうがないのに、署員はおろか、区役所との合コンでも敬遠され続けている。あの公務員にあるまじき、「ナンパ待ってまーす顔」が、かえって面倒くさい女の匂いを醸しだしているのだ。

「それは、できないわ。新垣さんは、あくまでも事務方ですから」

課長に一蹴された。あの女以上に、この捜査に最適な人間はいないのに、無念だ。

新垣唯子は親友なのだが、時々あの女の正体を暴きだしてやりたくなる。

あいつは、OLのようにおしゃれをして、常に男を誘っているが、本当は処女なのではないかと思う。これが女の直感だ。

万引きでもしてくれたならば、自分が捕まえて、徹底的に「マン引き」をしてやったのにと思う。唯子の股穴に、指を挿入してみたいものだ。

「ところで課長、ピンクサロンという場所が、どんなところか、ご存じなんですか？」

真木洋子はもともと本庁の分析官だ。しかもキャリア。歌舞伎町の淫場の実態など知るよしもないのではないか。

「あら、おしゃべりしながら、おっぱいとかお尻を触らせるんでしょう。ヘルスやソープみたいに、裸になる必要はないと聞いていますけど」

この人、やっぱりお嬢様だ。

たしかに裸にはならないが、触られるのは、胸と尻だけじゃない。正確にいえば、胸と尻は、ついででしかないはずだ。

「あの、股間もあり、ですが……」

亜矢は課長に正確な情報を与えてやった。

「太腿をきつく締めていれば、男の指も侵入してこないでしょう」

これはだめだ。ピンクサロンに対する認識が甘すぎる。本番日を設定しているほどの店がどれほど下品な場所か、わかっていない。

「あの、ピンサロ嬢はアソコに指を突っ込ませて、こちらもしゃぶらなきゃならないんですけど」

「はぁ？　アソコって？」

真木が目を丸くした。この人、絶対にむりっ。

「○○○○です」

「えっ、なんですって？」

亜矢はもう一度いった。署内で、はじめて淫語である四文字を正々堂々と口にした。「お」ではじまり「こ」で終わる四文字だ。

自分でも、ちょっと恥ずかしかったが、アソコでは、課長の理解を得られなかったのだから、仕方がない。

松重はじめ男刑事が全員、あんぐりと口を開けて、こちらのやり取りを見つめていた。聞き耳を立てている。

「ですから課長がみずから、潜入するよりも、庶務課の新垣唯子で、いいんですよ。任意の参加という形で……」

どうしても、あの女が男の指を突っ込まれて、よがる顔が見たい。本番があるなら、なおさらだ。

「却下よ。新垣さんは絶対にダメ。それに私をキャリアのお嬢様と舐めた目で見るのは、やめてっ」

真木洋子が眼を見開いて怒っている。そんなにやりに行きたいのか？

「マスコミの前でも、私はっきり宣言したのよ。『私が捜査の前線に出ます』って。

だから、本件は私も一緒に潜入して、この目で見たことを、すべて本庁に報告します」

真木は凜としていた。クールな瞳できつく睨まれてしまった。かっこいいと思うが、課長の頰はやや紅潮している。やめておいた方が身のためだと、思うのだが、もはや止めようがない。

さぞかし本庁に上げる報告書は、官能小説ばりのエロい描写になるだろう。

【……捜査員上原亜矢は、股間を大きく拡げ、客Aの男根を受け入れた。男根は深く入った。二十時三十五分。上原は、両手を挙げて、挿入が遂行されたことを、周囲に配置されたその他の捜査員たちに報《しら》せた。本官（真木洋子）も、同時間に、男性器の挿入を受け入れていた。店側からの教唆《きょうさ》が明らかにあった……】

そんな報告書になるが、捜査員上原亜矢の上に【潜入捜査に入った美人の】と付け加えてはくれないだろうか。せっかくだったら、そう書いて欲しい。

「課長が、じきじきに潜入に入るというのだから、任せればいいじゃないか。ここのボスは真木課長だ。ボスが決めた決定に従うのが俺たち部下の捜査員だ」

最年長の松重刑事がそういった。深い皺の刻まれた額の下で、いつもは鋭い眼を、卑猥に細めていた。

亜矢は新垣唯子を連れだす件はあきらめた。

「しかし、真木課長に本番までさせてしまうわけにはまいりませんな。ピンサロが、毎日本番をしていることは考えられん。設定している本番日を割り出し、当日、われわれ男が客として忍び込み、嵌めの現場を一気に押さえますから、課長はぎりぎりまで演技で逃げてください」

松重がきっぱりいった。

なんだか本当に麻薬捜査みたいになってきた。薬《ヤク》ではなく、男根を押さえるわけだ。亜矢は俄然、熱い衝動に駆られた。

3

午後四時。旧コマ劇場に春の夕陽が差していた。いつまでたっても解体が進まないこの巨大劇場は「再開発頓挫」の象徴のようなものだ。

灯りを消したまま放置されているコマ劇場のおかげで、歌舞伎町の闇はさらに深まっているともいえる。

上原亜矢はその「建設現場」でしかなくなった劇場の、かつての正面玄関前で、真木洋子を待った。予定時刻よりも十分ほど早く着いていた。

ふたりでこれからキャバレー「ニッポンの友」の面接に行く。亜矢はＯＬを装っている。地味な灰色のツーピースに白いブラウスを着て来た。

ＩＴ担当の小栗順平が作り上げた「設定」に従っている。それがこの格好だった。小栗は性活安全課の偽装のすべてを担っているのだ。

亜矢のために偽造の社員証まで工作してくれている。丸の内の貿易会社の営業部員となっていた。偽装会社を立ち上げたのも小栗だ。この男は、そうしたことまで、セットアップするプロなのだ。

社員証の住所はゴルフ用品店。元刑事の実家が経営するゴルフ用品店だった。一応並行輸入のクラブも扱っているので、定款《ていかん》に貿易も入っているという。キャバレー側が裏取りをするとも思えないが、小栗は偽のホームページまで立ち上げて偽装してくれていた。

ただこの店の名前が「ホールインワン」なのは意味深すぎる。

ほかにも、偽装協力の会社はあっただろうに。

亜矢は小栗の洒落が効いていると思った。無口な癖に、仕掛けにジョークを交えるのが好きらしい。

きっとスケベな性格だ。

亜矢は根拠のない想像をかき立てた。新垣唯子が狙っているのを知っている。唯子よりも先に、絶対小栗と嵌めてやる。署内合コンの開催を考えながら、真木を待った。

夕陽に照らされた舗道を、真っ赤なレザーミニに黒のニットを着た女が、こちらに向かって歩いてくる。金髪だった。顔はタレントでもしないような大きなサングラスで覆われていて、見えない。

逃亡者か？

すぐにその女が真木洋子だとわかった。わかりやす過ぎる。真木はもともと本職の風俗嬢に成りすますことになっていた。これも小栗の案だ。課長のそのままのキャラをいかすと、面接ではじかれる可能性があるので、あえて即戦力を装わせたのだそうだ。

「お待ちどおさま」

サングラスを取った真木洋子が、そのクールな瞳を得意そうに、瞬《また》かせた。

「課長が、そこまで太腿を露わにしてくるとは思いませんでした」

真木のスカートはミニどころかマイクロミニだ。スカートというより腹巻。片脚を上げただけで、パンティが見える。ちなみに紫色。女性キャリアは白しか穿かないものだと決めつけていた亜矢の常識は覆された。署に戻ったら、さっそく新垣唯子にも教えてやろう。あの女は、いつも野暮ったいベージュしか穿いていない。

「そもそも小栗君が設定したキャラが、最悪なのよ」

「いったいどんなプロファイルになっているんですか？　助太刀をする時のためにも、教えておいてください」

「私はこれまで浜松のヘルスにいて、ホストに入れあげて、もっと稼ぎのいい、歌舞伎町に流れてきたという設定なの。前にいた店は『ペロペロ・ボッキー』。実在する店だそうだわ。ネット上で、残骸になっている二年前の顔見せリストに、わざわざ、私の写真を埋め込んでくれたわ。小栗君いわく、一応在籍していた痕跡を残すためですって」

──やるなぁ、小栗。ペロペロ・ボッキーかぁ。

よくそんな名前の店を見付け出したものだ。この課長がその顔で面接の際に「元いた店はペロペロ・ボッキーです」というのを、想像しているに違いない。

やっぱり小栗は、心底スケベだ。

亜矢は真木の唇を見つめた。日頃はリップクリームを塗る程度なのに、今日は、パールピンクに輝いていた。この唇で、ペロペロとかいうんだ。

一緒に面接を受けるのが、待ち遠しい。

「さぁ課長。行きましょう。怪しまれないように、別々に入りましょう。私、先に行きます」

亜矢はセントラルロードに一度出て、あえて仲見世通りを横切って、桜通りに出た。夜の帳《とばり》が降りる前だというのに、風俗店は、すでにけばけばしい看板を灯しはじめている。

キャバクラやピンサロはまだ開いていない時間だったが、ヘルスとソープは堂々と扉を開けていた。客引きたちが、門前で、さかんに声を張り上げていた。

女がひとりで歩いていると、あちこちから「お疲れさまっ」「御苦労さまっ」の声が飛んでくる。こんな地味な格好をしていても、やはりここで働くプロに見られているようだ。気恥ずかしいが、気持ちは高まってくる。エッチな気分になってきた。

「その気」になることが、囮捜査では大切だと、松重に助言されていた。

一週間ほど前から、この道を何度も歩いておくとよいともいわれていた。水商売に慣れるためだという。

亜矢はいわれたとおりに、この一週間、この通りをうろついた。

おかげで、何度か「開発」と書かれた名刺を差し出す男たちに出会った。色町で「開発さん」とはスカウトマンを意味した。

ほとんどの開発が「本番はなしです。その唇は稼げます」といいよってきた。ヘルスばかりだった。キャバクラの開発は、一度も声を掛けてこなかった。――なぜだ？　少し憤慨した。男の興味は、この唇だけなのか。

真木洋子は、五分ほど遅れて、逆側の花道通りから、入ってくることになっていた。亜矢は、今日も何人もの開発につかまっていたので、予定に遅れそうだった。

亜矢は足を速めた。

キャバレー「ニッポンの友」は、桜通りのかなりくたびれたビルの地下にあった。一階はアダルトグッズショップだった。ショーウインドウに大型バイブが幾つも並んでいる。絶対に挿入したくないような極太バイブが何本も置いてあった。グロテスクなほどに亀頭部が膨れ上がり、胴部に真珠を模した粒が付いているものまである。

いくらなんでも、強烈過ぎるだろう。

店名は「ＩＮＧ」とあった。これは洒落ている。淫具とひとりエッチの際の現在進行中を掛け合わせているらしい。歌舞伎町を歩いていると風俗店のネーミングセンスにはいつも驚かされる。

このアダルトショップにも店名にだけは「いいね！」をあげたい。

地下に向かう階段を降りた。まだ開店していない扉の前で、インターフォンを押した。来意を伝える。さすがに緊張し、鳥肌が立った。

「いらっしゃいませ。お待ちしておりました」

想像以上に丁寧な応対だった。ガラス扉の向こう側から、すぐにボーイが走って来る。

「上原さんですね。面接は事務所でやります。どうぞ、こちらに」

きりりとした顔の若者が、深々とお辞儀をして、先導してくれた。

店内ホールを横切る形で奥へと進む。

店内はテレビドラマで見るキャバレーのような造りとはかなり違っていた。椅子の背もたれがとても高い。しかも通路に面した横側もかなり背の高い囲いで覆われていた。つまりボックス席は、いずれも半個室状態なのだ。これでは、中立ち以上にならなければ、周囲の様子など窺えない。

他の女が客と交わっている様子は、簡単に見つけ出せない仕組みだ。

亜矢は、まずは自分が「ヤル」指示を受けないことには、店の事情を知りえないと覚悟した。とてもわくわくする。

何はともあれ、店が「本番」を指示する形態を探り出すことが今回の最大任務。なにかサインがあるはずだ。それを聞き出したい。

まだ灯されていないミラーボールを眺めながら、奥の事務所へとつづく通路を歩いた。

〈スタッフオンリー〉と書かれた扉を開けるとバックヤードだった。

ホステス専用だというロッカールームがあり、その先に事務室があった。

「社長がいま、先の子を面接中です。呼ばれるまで、そこのソファでお待ちくださ い」

ハンサムなボーイに促され、亜矢はロッカールームの真っ赤なソファで待つことにした。

目の前に社長室と書かれた扉があった。半透明のガラスで覆われた扉だった。

中から微かに声がする。

『なかなか、いい太腿しているねぇ』

中年の男の声だった。おそらく社長と呼ばれる男の声だ。言葉使いは丁寧だが、ドスの利いた声だった。女を仕切るために雇われた強面の社長であろう。面接で、どんなことを訊かれるのか、少し不安になった。

まさか、ここではやられまい。やられることになったら、それまでだ。亜矢は、急に下着が気になった。地味なOLを装って来たために、下着はベージュにしていた。面接で見せるのであれば、勝負用のシルキーピンクにすべきだったと後悔した。

『あっ、あんっ』

扉の向こうから艶《つや》っぽい声が聞こえてきた。上擦ってはいるが、これは明らかに真木洋子の声だ。

まずい。課長の方が先に入ってしまったのだ。

亜矢はのんびり歩いて来たことを後悔した。自分が先に面接を受けて、顔の表情で、後の真木に伝えてやる手筈だった。

やられちゃうから辞退した方がいいとか、今日のところは待遇面とか話し合いだけだったとか、なんとなくでも、すれ違いざまに伝える予定だったのだ。

それが、あろうことか真木が先に入り、どうも「やられちゃっている」気配だ。

——やばくないか？

亜矢は、即座にガラス扉を蹴り破り、救出するべきか迷った。これはマニュアルにない事態だ。

『あぁ、イクっ』

もはや間に合わない状況になっているようだった。

そこまでたどり着いてしまっているのなら、昇ってしまった方が、むしろ女の幸せというものだ。

真木課長のこの声は聞かなかったことにしよう。

亜矢は、足を組み直して、終わるのを待つことにした。股がぬちゃりと濡れている。まったくもって上司のよがり声を聞いて濡らすなど、思ってもいなかった。

『さすがに、たいした度胸だ。明日から来てもらおう。うちの店のシステムと、待遇は、さっきいった通りだ』

男の声がした。乱れてはいなかった。同時に衣ずれの音もした。真木がパンティを上げ、スカートを下げている音らしい。

この音も聞かなかったことにしよう。

社長室の扉が開いた。上気した顔の真木洋子が出て来た。視線を床に落としたままで、亜矢の顔をまともに見ようともしない。

――ちょっと課長。私に、なにか情報を置いて行ってくれないの？

亜矢は真木の顔を覗き込んだが、顔をそむけられてしまった。キャリアは本当に身勝手だ。

いまの声を、いつか密告《ちく》ってやる。

「次の方、どうぞ」

社長室の中から、声がした。しょうがないので、鞄を抱えながら中に向かった。

真木洋子は逃げるようにして、ホールの方へと走り去っていた。

4

「初めまして、上原といいます」

あえて偽名を使わないプランだった。咄嗟のときにいい間違っては、里が知れるからだ。源氏名をつけてもらうまでは、本名で通すというのが、松重と小栗の一貫した提言だった。

まさか、刑事が本名で乗り込んで来るとも思っていまい。

亜矢は応接セットに座らされた。本革のシートが生暖かい。先ほどまで、真木が座っていた、温もりのようだ。

社長が目の前に座り、応接机の上に置かれている履歴書に目を落としていた。中身を疑っているふうはない。

「あぁ、ＯＬさんね。ピンサロは初めてかね？」

男は新藤朝彦《しんどうあさひこ》と書かれた名刺を差し出した。新藤観光代表取締役とある。上から見れば、たぶん末端の役目なのだろうが、角刈り頭で、眼光の鋭い男だった。五十歳といったところか。

「はいっ。まったく初めてです。サロンはもちろん、風俗で働いたことはありません」

本当のことだ。取り締まるのですら、初めてだ。

「まぁ、うちは初めてでも、働きやすいよ。ヘルスと同じで、個室に近いからね。周りの眼を気にしないで、没頭できる」

没頭するべき仕事だといえる。

「あの、どこまでやるんでしょう？」

気になることを真っ先に聞いた。

「通常は、手と口。時々本番」

新藤はあっさりと本番といった。なにか問題でもあるのか？　そういいたげな顔だった。この男は、口調とは裏腹に、眼光はどこまでも鋭かった。他人を恫喝するのに慣れている眼だ。

「本番ですか……」

亜矢は恥じらいの表情を浮かべた。本心半分、初心《うぶ》を装う演技半分だった。

「そうか、上原さん、この世界まったく初めてなんだ。だったら、面接の儀式も知らないね？」

頬は笑っているが、眼は据わっている。

「儀式？」

「そう、覚悟の儀式」

「なんですか、それ？」

「俺の目の前で、オナニーするんだよ」

眼光と口調が一致してきた。

「そんな……」

目尻がヒクついた。背筋が凍る。身体を弄られまくるよりも恥ずかしい行為だ。

「普通、風俗の就職試験って、実際にやるんだけど、うちはオナ見せだけでいい。

その人の覚悟がわかればいいんだ」

新藤は煙草を咥《くわ》えた。金色のライターで火をつける。煙が吐かれた。タール度の高そうな、きつい匂いがする。明らかに威嚇《いかく》だった。

亜矢の顔に向かって煙を吹きかけながら、新藤は応接机の下から籠《かご》を取り出した。机の引き出しほどの籠だった。なかにバイブやピンクローターが詰め込まれている。何をさせる？

「うちは、アダルトグッズの販売店も経営していてね。最新鋭の器種がそろっている」

モニターになれというのか？　商売熱心な経営者だ。

「それで、やって見せるんですか？」

セックスの経験はある程度あっても、自慰を人に見せたことはない。

「自慰してもらうと、その女《ひと》の性格や、癖がよくわかる。客のリクエストにもこたえやすくなるもんでね」

だからこそ、恥ずかしいのだ。

「さっきの人は、さすがに、浜松で頑張っていただけあって、すぐにやりますっていったね。私がこのローターを出すと、あっという間に、股間に押し当ててみせてくれた。ああいう、慣れた人は、なにも昇り詰めてくれなくてもいいんだけど、あの人、いっちゃってさ。こっちもビックリ」

課長はオナニーをして見せていたのだ。さすがだ。ここで自分が引いてはならない。

「わかりました。私もやります。あの、前の方は、どれをお使いに？」

「うん、その小さなピンク色のと同じ形のやつ。持って帰ってもらったがね。使用品を置いて行かれても困るしさ。まぁ、うちからのささやかな入店祝いに、みなさんに差し上げている」

「では、私も、これを……」

亜矢は小ぶりなローターに手を伸ばした。ローターで、クリを擦るだけならば、それも愛嬌だと割り切るしかない。

「いいや、道具はこちらが決める。あんたにはコレを使ってもらう」

新藤が籠の中から取り上げたのは、ローターではなくて大型バイブだった。

「えっ？　私はバイブですか？」

あまりに巨大なバイブレーターを差し出され、亜矢は慄《おのの》いた。先ほど上のショーウインドウで見た一番グロテスクなやつに近い。胴体に真珠が付いているシロモノだった。

さらには、胴部からクリトリス責め用の枝が伸びている。その先に可愛らしいリスの顔がついているが、こいつが振動したら、あっという間に、快感の極点へと飛ばされる違いない。

——こんなので、やったら……

自分の本性が暴かれるのは、確実だった。

亜矢は、もう少し小ぶりなバイブなら十分経験があった。いまも自宅のベッドサイドに隠してある。時々使っている。しかし、このバイブはサイズも装備も桁違いだ。

「さっきの人はね、初心者じゃなかったから、ほんの確認程度で良かったけれど、上原さんは、素人だからね。ほんとにやる気あるところ見せてもらわないと」

設定の違いが仇《あだ》となった。

松重や小栗は、こうしたことも知っていたに違いない。

それでリスクの高い役を、自分に与えている。

本来ならば、逆のキャラがそれぞれの性分に合っているはずなのに、あえてひっくり返していることに、亜矢はいまさらながら松重たちの作意を感じた。

「じゃあ、ぜんぶ脱がなくていいから、ブラウスからおっぱいを出して、スカート捲って、パンティは下ろして」

新藤はいつの間にか、命令口調になっていた。眼には有無をいわせぬ迫力が籠《こも》っている。女を働かせる男の凄みを感じた。

とても断れる雰囲気ではなかった。自己啓発セミナーで、マインドコントロールする人間もこんな雰囲気を持った人間ではないだろうか。

正直、怖くなった。風俗業を営む男は、やはり堅気ではない。

亜矢は、いわれるままに、乳房を出し、パンティを下ろした。素直になることで、楽になれる気がした。豊満なバストが露見する。乳首が勃起していることに自分でも驚かされた。もっと恥ずかしいことに股間は濡れていた。

恥辱にまみれながら極太のバイブを手に取った。ずしりと重い。

「まず咥えた方がいい。接客の時は最初に咥える。そのリハーサルにもなる。あんただって、棹《さお》が濡れていた方が、入れやすいだろう。まぁ、いまは、それだけ濡れていれば、平気だろうが……このままピンサロの作法も教えてやる」

新藤は煙草を吸いながらいっていた。どこまでも冷徹な眼だった。この男は、女の痴態になど一切惑わされないのだろう。こちらの濡れた肉裂を凝視していたが、眉根一つ動かさなかった。

亜矢は男根に見立てたバイブを唇の前に寄せた。

どこから舐めるべきか迷う。それ自体が新藤に性癖を見られるようで、恥ずかしかった。

ええいっ

いつもそうするように、亀頭の裏筋と思われる部分に舌を伸ばすことからはじめた。性癖をそのまま知られることに抵抗はあったが、男の一番敏感な部分ぐらい熟知していることを伝えても良いだろう。亜矢はバイブの裏側の窪みに舌先を伸ばした。


チロチロと先端で舐めた。疑似だが、舐めている間にその気になってくる。舌が自然に伸びた。ほんの少しだけ、目の前の新藤の物を舐めている気になった。

「違う、違う、そんなんじゃ、ダメだ。素人の楽しいフェラチオをしているんじゃないっ。ピンサロ嬢に、時間はないんだ」

すぐに新藤に罵声を浴びせられた。


ええ〜、違うの？

「ゆっくり舐めている暇はないっ。うちに来る客は、焦らされたいんじゃない。すぐにかっぽり咥えてもらって、一分で射精したいんだ」

「はっ、はいっ」

亜矢は、バイブをすぐに咥え込んだ。アヒル唇が捲《めく》れた。本物に近い触感だった。うっとりと眼を細めてしまう。

「そこで、同時に、自分のクリトリスも弄れ。客はさらに喜ぶ。自分の逸物に発情したと勘違いしてくれるし、あんたも、濡らしておいた方が、指を受け入れやすくなる。一石二鳥だろう。ピンサロは三十分セットで、二回抜いてなんぼの商売だ。客を出来るだけ早く発情させて、出させるのが仕事だと思えばいい。とにかく、早く、早く、だ」

亜矢はいまさらながら、潜入捜査に入ったことを後悔した。

エッチに多少興味があるぐらいでは、済まされない商売だ。そしてこの業務は万引き捜査ともまったく違う。追い込むのではなく、どんどん追い込まれるのだ。

「いいから、早く、マメを触れっ」

新藤にさらに罵声を浴びせられて、人差し指を伸ばして、包皮の上から、マメを押した。ずちゅと、淫芽がひしゃげる。

「あんっ」

身体に電撃が走った。淫芽が通常以上に敏感になっている。目も眩《くら》むほどの、早い展開に、かつて体験したことのない昂《たかぶ》りに包まれだした。

「はぅっ」

肉芽の興奮を表わすように、乳首がキュッと硬直した。ここに触りたい。

「乳首は、客が弄ってくれる。あんたは口に集中だ。しゃぶっていることをイメージして、マメを擦れ。そうすりゃ、おのずと身体に、しゃぶり方が叩き込まれる」

こちらの心情を察したような新藤の檄《げき》が飛んできた。これはちょっとしたMプレイだ。いつの間にか、この男のいいなりになっている。全身に鳥肌が立つほど昂奮《こうふん》させられてきた。

亜矢は、口を激しく上下させて、一心不乱に、疑似フェラチオをした。

「そうそう、ピンサロでは、とにかく一気に扱《しご》くのが基本。じっくりフルコースを食べたい客は、ソープやヘルスに行く。うちらは、エッチの立ち食い蕎麦屋だ。
『早く、たっぷり、それなりに美味しい』がモットーだ」

返事をする間もなく、亜矢は口淫とサネ触りに夢中になった。感じる。どんどん自分も感じてくる。絶頂の波が幾つも押し寄せてくる。

——なにやってんだろう、私……

とんでもない痴態を、いま初めて会った男に見せている。

ソファの背もたれに後頭部を乗せ、股を拡げて、肉裂を弄っているのだ。バイブを咥えた顔は汗ばみ、頬に髪の毛が纏《まと》わりついていた。股間はもっとだらしない。淫芽を擦るごとに、粘液が噴きこぼれ、べちゃべちゃの筋が、左右の太腿にまで引かれてしまっている。

新藤は、その様子を、微動だにせず見守っていた。

眉間に皺を寄せ、バイブをしゃぶったまま何度か極点に達する自分を、ひとしきり眺めた後に、新しい煙草に火をつけた。従順に疑似フェラをしながら、オナニーを続ける亜矢に、少しは納得したらしい。

採用が見えてきた。

「フェラ抜きに加えて、たまに本番を織り交ぜる。客は、いつやってくれるかわからない本番に期待して、四千円を握りしめて、ひっきりなしに来るって寸法だ」

ゆっくりしゃべっている。

この男はスーパーとかファミレスを経営しても成功するに違いない。

「あっ、んんん……本番をやる、やらないは、社長が決めるんですか？　はんっ」

肉裂からくる、快感に総身をのた打ち回らせながら、ようやくの思いで、訊いた。

バイブをしゃぶりながらだったので、新藤に伝わったかどうか、さだかではなかった。

「それは、後で教える。その時のリハーサルに、まずはバイブを入れろ」

ついに挿入を命じられてしまった。

もっとじっくりマメを転がして、さらには、このバイブの尖端をクリトリスにあてがってみたかったのだが、ピンサロ嬢にそんな余裕はないらしい。

とにかく、しゃぶって、弄らせて、せわしない仕事だということがよくわかった。

肉穴は、すでにこの極太バイブを求めだしていた。女の穴の欲求は、際限がないことがわかった。口からバイブを抜いた。亀頭冠が涎《よだれ》でドロドロになっていた。

実物よりデフォルメされたそのバイブの尖端を肉舟の上に置いた。ずしりと重かった。

「上のスイッチを入れろ。ゆるいオナニーなんか、見たくない。穴の中をグチャグチャに掻き回せ。それがあんたの仕事だ」

新藤の顔が一気に歪んだ。怖かった。無意識にバイブを持つ手に力がこめられる。

すぐにスイッチを入れた。ふたつあるスイッチの上の方だった。ブイーンと唸った。

「あぁっ」

とてつもない振動が粘膜の上で、巻き起こった。小陰唇が震えあがり、蜜が四方に飛んだ。

「そのまま、突っ込むんだ」

「はっ、はいっ。挿《い》れますっ」

無我夢中で、バイブの尖端を淫穴にこじ入れた。マッサージ器のように振動する亀頭が、秘孔を蹂躙《じゅうりん》していく。

「うわぁあ」

固茹《かたゆ》での卵を挿入したらこんな感じだろうか。秘孔が満開になるまで、拡張された。

「あぁああ」

尻を引いた。あまりの衝撃に自然に膝が閉じた。とてつもなく強引な快感にむりやり極点に導かれていくようだ。ソファの表面が自分の粘液でべちゃべちゃになっている。

「あぁあっ」

大声を上げてしまった。

「両脚《あし》を閉じるんじゃないっ。見せオナを、甘くみるな。あんたがイクとかイカないかは、関係ない。客に最高に淫らなアソコを見せつけて、指をズボズボされるのがあんたの仕事になる。すぐに、根元まで突っ込んでしまえっ」

「あぁあああっ」

言葉の迫力に追い込まれ、亜矢は混乱の淵に立たされた。

バイブの先端しか入れていないのに、もう極点を迎えてしまっている。それも大きな、大きな頂点だった。

秘孔が痙攣《けいれん》しっぱなしで、さらにバイブの根元まで挿《さ》し込んでしまったら、自分が壊れてしまいそうだった。

穴ではない。脳がだ。

お願い、全挿入は許して欲しい。

「股を開いて、早く押せっ」

新藤に怒鳴られた。断崖絶壁で、背中をドンと押されたような気分だ。

「はっ、はいっ」

亜矢は覚悟を決めてバイブの尾をグイと押した。

いったいどういうことになるのか、想像もつかなかった。グィーン。唸りを上げるバイブの全長を肉層へと押し込んだ。

「くっ、くわぁぁあああ」

乳首が腫れ上がった。肉層を抉《えぐ》るようにして入ってくるバイブに、膣壁が激しく揺り動かされる。亜矢はとてつもない熱い悶えの真っただ中に、落とされ、立て続けに声をあげた。

「いいっ。とってもいいのっ」

これほどまでに、太く硬いバイブを挿入しているというのに、自分は膣壁をきゅーっと狭めている。

「よし、もうひとつ下のスイッチを入れろ」

ふたたび新藤に命じられた。

今度は何が起こるのだ。恐怖と同時に期待がよぎった。もう、どこまで連れて行かれてもかまわない気分になっていた。

深い性感の闇に落ちてしまいたい。

麻薬捜査官が、薬に犯されていくのも、こういうことなのだろうと悟った。

スイッチを入れた。

「うわぁあああああ」

突然膣層の中で、亀頭が首を振った。

子宮の腫れをグルングルンと掻き回される。口から泡を噴き出しているのが、自分でもわかった。

バイブはついでに胴部の真珠玉を回転させている。

「わっ、あっ、んわっ。いいっ」

また違った快感を掻き立てられ、膣壁が引き攣《つ》った。

「いいっ、何度でもイキそう」

腰を振り、しどろもどろの声を上げさせられる。もうバイブを握った手が離せない。みずからグイグイと押した。

いつの間にか、眼を見開き、新藤に悩ましい視線を送っていた。腰は新藤の方向を向いて、揺さぶっている。

「欲しい……」

ありえない言葉を吐いていた。

「……」

新藤にじっと見つめ返された。呆れ返ったように嗤《わら》っている。

「その顔で、客を迎えてやれ。指名が増える」

新藤は、もうわかったというように、両手を叩いた。

「終わっていい。明日から来てくれ。そのバイブは、就職祝いだ。家に帰って、と

「とことん使ってくれ。あんたその虜《とりこ》になったら、そうそう早くない時期に死ぬぞ」

本当にそうなりそうだった。亜矢はそのまま、一分ほど、バイブを抜けずにいた。一度覚えた極上の性感は、そうそう手放せない。大きく身体を揺らし、股を拡げたまま床にドスンと落ちた。

その後、ようやく新藤から店のシステムを聞かされた。

第三章　業務挿入

1

松重豊幸は、東通りの喫茶店で珈琲《コーヒー》を飲んでいた。マル暴時代と違い、どうも捜査に気が入らない。

しょせんエロ担だ。凶行犯捜査と醍醐味が違う。定年間際にわざわざこの部門に飛ばされたことも、不本意だった。

とはいえ、女ふたりが本番覚悟でピンサロに潜入しようとしているのだ。自分の長年の勘を使って、サポートしてやらねばなるまい。

煙草を二本吸い終えたところで、上原亜矢からメールが入ってきた。

たったいま「ニッポンの友」の面接を終えて、分室に戻ったという。課長ともども、うまく採用されたとあった。

どちらも、いい度胸をしている。

風俗店の面接が口頭だけで終わるわけがない。マル暴が長かった松重には、風俗店の社長のやり口が手にとるようにわかった。

面接は実技試験であるのが普通だ。

どこまでやった？　いちおうフェラテクは試されただろうよ。

その内容はさすがに書かれていなかったが、文面の淡泊さが、何かあったことを匂わせていた。

課長の真木の方が先にメールを寄越さないのは、ショックで打ち震えているせいだろう。

真木と上原は、どんな痴態を演じたのだろう。真木はあの硬い表情で、アソコを見せたのか？　上原はアヒル口を窄《すぼ》めて、面接官の男根をしゃぶったことだろう。

松重は妄想しただけで、自然に勃起した。

メールを返送した。亜矢のメールには肝心なことが書かれていない。

〈本番のシステムは、聞かされたか？〉

窓に映る歌舞伎町は、降りたばかりの夜の帳《とばり》の中で、ギラギラと輝きはじめていた。いま現在、何百人、いや何千人もの男がパンツを脱ぎ、女に挿入しているに違いない。

欲望の町だ。

この町から射精産業のネオンが消える状態を、松重には想像できなかった。単純な浄化作戦などで、潰《つぶ》せる町ではない。

それよりも自分がエロ担に飛ばされたことが気になっていた。この二週間ずっと考え続けていたことだ。

むしろ組織犯罪対策課に所属していた方が、この町の胴元たちと、談合が出来るはずなのだ。

『オリンピックまで、多少おとなしくしてくれないか。そのかわり、カジノはこっちも眼を瞑《つぶ》る』

交渉可能な条件はいくらでもあった。

何故、自分をもっと有効に使わないのだろう。

定年間際の自分をわざわざエロ担に回すことはないはずだ。

ある意味でこれは屈辱的人事といえた。

しかし阿部雅夫《あべまさお》副署長の口ぶりは意味深だった。

『松重刑事に本庁のお嬢ちゃんの子守をして欲しいわけじゃない。極道のさらに裏に何かあると、本庁は踏んでいる。真木お嬢ちゃんは、マスコミ用の看板だ。末端店を叩いている間に、別の糸筋が見えてくるはずだ。そこを小栗や岡崎と組んで手繰りよせてくれ』

小栗順平は新宿七分署のＩＴ専門官。情報分析の第一人者だ。正直本庁の分析官よりも優れている。岡崎は本庁公安部外事課からの出向だ。どちらも、わざわざエロ担に回される人材ではない。

——上層部は俺に何を期待している？

松重は最近の歌舞伎町事情を整理した。

歌舞伎町には現在十団体ほどの極道組織がひしめきあっている。戦前からこの町に巣食う新闘会のような古典的な任俠系から、そもそも愚連隊系と呼ばれていた麻薬中心の組まで、大小さまざまだ。

大部分は西の日本最大組織と、東の二大団体が押さえているが、それでも過半数には達していない。それだけに問題は起きやすい。

ただしこの町には自浄作用もある。十年ほど前にアジア系とロシア系が進出して来た。麻薬を本国からどんどん運び込んでくるこの連中の成敗に、いち早く乗り出したのは、麻取《まとり》でもマル暴でもなかった。

国産の極道連合だった。

むしろ俺たち警察はそれを、見守っていたものだ。

その方が、リスクが少なかったからだ。

裏の抗争は裏で片を付けさせる。一般人が巻き込まれない限り、これが新宿七分署の基本姿勢だ。

結果、総力を挙げた国産連合が、どうにか歌舞伎町の秩序を回復に至らしめた。

アジアもロシアも自分たちの組織に取り込んだのだ。

その一度落ち着き始めた秩序が、最近また乱れ始めている。

松重は煙草に火をつけた。赤く点《と》もる先端が抗争の火種のように見えた。

極道も手を焼く「半グレ」の出現だった。六本木を本拠地にするこの集団には、ヤクザですら手を焼いている。

簡単だ。半グレは、懲役を恐れていないからだ。そこが凌《しの》ぎを目的とするヤクザとは違っている。やつらは「面白い」というだけで、人が殺せる集団なのだ。そういう人間が、一番タチが悪い。

半グレとは半分愚連という意味だ。

かつて愚連隊という、暴力団ジャンルがあった。戦前までは江戸時代から続く博徒系とテキヤ系が暴力団の二系統だったが、戦後の混乱期に、そのどちらでもない、ならずもの集団が生まれた。町の不良たちが寄り集まったギャング団的組織だ。仁義を持たない彼らは、一時期隆盛を誇ったが、その後の暴力団全体の離合集散の中で、その呼称は消えている。

現在は博徒系やテキヤ系の区別はほとんどなく、どの組も広域暴力団として収斂《しゅうれん》されてしまっているが、この二系統の流れを組む組織は、それぞれ伝統的な儀式を重んじ、一定の秩序は保っている。

近頃町に出現した、無軌道に振る舞うこの若者集団に対して、マスコミが五十年ぶりに愚連隊の名称を持ち出したのは、ある意味的を射ていた。

やつらはたしかに無軌道すぎる。松重は苦々しく思っていた。

政治家だろうが、芸能人だろうが、的にした獲物を六本木の町で徹底的に女漬けにし、脱法ドラッグで縛り付けるやり口は極悪非道でしかない。

その半グレが近頃、本物の極道たちの権益にまで侵食しだしていた。

風俗嬢の卸業だ。

古来、売春婦の斡旋は、極道稼業のひとつと決まっている。むろん脱法行為である。大かたが借金のカタというのも、江戸吉原からの伝統だ。

街金や不法カジノと連携して、売春婦を作り上げるというのは、新闘会の先祖伝来の錬金術だ。販路は歌舞伎町に限らない。日本各地の色町から遠くアジアや欧米にまで広がっている。薬物や盗難車よりもリスクの少ない密輸出業といえた。

ところが最近、この風俗嬢の斡旋《あっせん》に六本木の半グレ勢力が横やりを入れて来ている。

クラブで釣った美貌のギャルたちを次々に風俗店に送りこみはじめているのだ。

最初は六本木が彼らの稼ぎ場だった。そこから渋谷、池袋へと手を伸ばしている。元手がかかっていないから、卸値は安い。しかも女たちはみんなイケメンの半グレたちのために働く。

加えて、半グレの連中は芸能プロダクションにも食い込んでいた。タレント予備軍を高級娼婦に仕立て上げはじめているらしい。

街金で担保にはまった主婦やOLよりも、はるかに上質の女《タマ》を、仕込んで風俗に飛ばすのだから、本業も舌を巻くしかない。

おかげで本職の極道が怒りはじめていた。

やつらが歌舞伎町にも進出してきて、クラブやストリートで客を奪いはじめたからだ。

町中での直売までやりだしている。

深夜のシネシティ広場で、一見ダンスの練習をしているふりをして、ウリを掛けているスタイルの良い女は、いずれも半グレの手先なのだ。

未成年者ではないので、少年課が補導することも出来ない。

職質を行っても、ナンパ待ちだといわれればワッパは掛けられない。警察は手が出せず、またもや裏組織の自浄作用を待つしかないのだが、潰しに入ったヤクザが、半グレに金属バットでぼこられる事件が続いていた。

ヤクザは完全に苛立っている。

なにかが暴発するのは、こんな時だ。

松重は喫茶店を出た。仲見世通りを歩いてみることにした。情報網に何か引っかかっているかも知れない。

桜通りを渡ると、ポケットの中で携帯が震えた。見ると上原亜矢からメールが返って来ていた。

【松重刑事さま。ピンサロ「ニッポンの友」の業務形態をお知らせします】

いちいちタイトルをつけていた。

『通常は手コキと口による行為だけです。あそこは見せるし、触らせます』

残念ながらそれだけでは、売春はとれない。男女ともに公然猥褻《わいせつ》罪にしかならない。触るのも、舐めるのも、合意があれば勝手だ。

『店は、すべてBGMでサインを出していることがわかりました』

いちいちマイクで符牒《ふちょう》を発するのは、客の興を削ぐということだろう。

『三十分の間に、さまざまな曲が流れます』

それはわかった。どういうサインだ。

『客の入った時間にかかわらず、曲によってホステスは行為をします。座った瞬間の曲によっては、即フェラです』

よくフェラという文字を打ってくれた。

『〝おしゃべりをしてつなげ〟はEXILEとジャニーズ系の音が流れている場合です。この間、手コキはありです。わたしもアソコを弄《いじ》らせなければなりません』

そうか、弄らせるのか。

『AKB48の〈フライングゲット〉が鳴れば、即フェラです。ボーイが五人、ちゃんとやっているかを見回るそうです。それで、次にちょっと古い曲なのですが、サザンオールスターズの〈勝手にシンドバッド〉がかかります。この曲の間に、一気に吸い立てて、射精させてしまうのだそうです』

つまり二曲の間だけで抜いてしまうのだ。合わせて八分ぐらいだろうか。さすがピンサロだ。

『肝心なことですが、本番は福山雅治の〈桜坂〉です。絶対に間違わないように、この曲だけスローなのです。これが鳴ったら、客の股の上に乗り、グサッと挿入しちゃうことになっています。重ねて書きます。福山雅治の〈桜坂〉です。ただこの曲は、いつかかるのかわかりません。社長が当日に、様子を見て判断するのだそうです。嵌《は》めるのは〈桜坂〉がかかっている間だけです。終わったら、射精されていなくても、穴から出して、また口でやるんだそうです。要するに、挿入は一曲分だけで、場合によっては、ワンコーラスで終わりになることもあるそうです』

よくもまあ、「グサッ」とか「嵌める」とかいう言葉を打てたものだ。上原め、こいつは基本スケベな女だ。きっとそうに違いない。

『ちなみにテレビドラマの〈踊る大捜査線〉のテーマソングがかかれば、即座にすべての行為が中止だそうです。この時はパンツもすぐに穿《は》けとありました』

手入れを想定した備えだ。なかなかうまくできている。

『PS. しかしながら、決行日は、まったくわかりません。真木課長もそこで考え込んでいます。一定のローテーションがあるのだと思うのですが、それを確認するまでに、私たち、最低一回は、嵌めちゃうしかありませんね？』

最後はそう締められていた。

健気なことに、上原亜矢は本番をやる気でいる。

松重は、仲見世通りの馴染みのソープ「バブルバブル」に入った。遊びにではない。顔馴染みの店主から情報を得るためだった。

蛇《じゃ》の道は蛇《へび》に聞け、だ。

この店は歌舞伎町の老舗、新闘会の直営店である。

新闘会は、戦後の闇市から歌舞伎町に庭を持つテキヤ系。現在の売りは「色」一本に絞っている。いわば極道の中でも、風俗の専門商社だ。盆も薬物も拳銃も扱わないが、女に関する商売には独自の仕入れルートと販売網を持っている。

しかも他の博徒系、武闘系とも、一定の親睦関係を築きあげている。歌舞伎町の重鎮的な組だ。

風俗業の締め出しが喧伝されたために、協定のサインを送ってきたのは、この新闘会に違いない。

課長の真木を恫喝したのは、おそらく新闘会のはずだ。電車で痴漢するというのも、新闘会らしい。基本は素人を脅したりはしない、仁義をもった組だ。

あの痴漢は、警察との共存共栄を求めるサインなのだ。

松重の見方では、どうにでも談合の出来る相手だった。

なのに、真木は新闘会を潰すことを真っ先に考えている。

――まったくキャリアは融通がきかねぇ。

この組を利用しない手はないのだ。

店主に訳を話した。

他派閥の店への内偵だといい聞かせた。「ニッポンの友」は、最近進出してきた六本木系の店だ。松重がこのサロンを選んだのも、その辺のことが気になったからだった。

店主は喜んで、予測をたててくれた。本番の日程だ。

すぐに結論が出た。松重は携帯を握った。メールなど打っている間はなかった。

上原に直接かけた。

「決行日は明日だ。男刑事全員にも囮客《おとり》として、店に入る準備をさせろ」

2

あくる夜、午後八時。

松重はじめ、小栗、岡崎、相川の四人は桜通りの「ニッポンの友」に忍び込んだ。

小栗がそれぞれの設定を決めていた。

小栗自身はIT系企業らしいラフなイタリアンスーツ。一番いい役を取っている。外事課からの出向者岡崎は総合商社の幹部らしき濃紺に縦縞の三つ揃い。相川は中小企業の営業マンということになっていた。つまり安物のスーツだ。

松重だけは、背広ではなくジーンズにジャンパーを着せられていた。競馬にたまたま勝った無職の中年の設定だった。

小栗の案に対し、素直に頷けない気持ちもあったが、役割分担上、従うしかなかった。

五人バラバラに店に入った。

全員が他人を装うことになっている。アイコンタクトなど、一切が禁止だ。本番がなされた瞬間に、松重が手を挙げて叫ぶことになっていた。

『その時は、みんなも、膝に女を乗せてザックリぶち込んでいるはずだが、欲望に任せて擦《こす》り続けるんじゃないぞ。挿《や》ったところで、ワッパだ。金は前払いしてあるから、金銭を介した挿入であることが成立する。売春防止法違反だ。いいな』

分室を出る前に確認しあっていた。

『松重さん、一応根元まで挿《い》れる頃合いまでは、手を挙げないでくださいね』

元交番勤務の相川に念を押された。自分としても、三擦りぐらいはしたいと思っているが、それはそのまま、真木洋子と上原亜矢も三擦りはさせられるということだった。やはり、出来るだけ早い方がいいだろう。

開店して間もない時間にもかかわらず、店はすでに混雑していた。

ミラーボールが回る中、松重はほぼ中央の席に向かって案内された。

BGMはSMAPが流れていた。

つまりいまは喋りながら、触り合っているわけだ。通路を歩きながら、ホステスや客の様子を観察した。席はすべて半個室だが、上方からは覗ける。ホステスは全員テニスウエア。短いスカートを捲《まく》って陰毛が見えている女もいる。客の中にはすでに肉棒を露出させている者もいた。手で扱《しご》かれてうっとりしている男もいる。やたらと香水の匂いがした。悩ましい香りだ。

席に着いた。座ると辺りは見渡せない。仲間たちも、前後左右の席に落ち着いたようだった。

「いらっしゃいませっ」

いきなり真木洋子が現れた。「課長っ」とは呼べなかった。

「スカート、ずいぶん、短いですね」

「見ないでください……」

真木が顔を赤らめている。日頃、勝気な表情ばかりを見せられているので、思わず笑い出したくなる。

三十三歳。まさに才色兼備とはこの女《ひと》のようなことを差すのだろう。

T大出など、青白い秀才を想像するが、どうしてどうして、真木洋子の太腿はむっちりとしており、健康的だった。

立ったままの真木のスカートに手を掛けた。突然手を払われる。いや、触ってもいいのだ。ここはそういう場だ。しかも潜入捜査という業務中である。

松重はテニススカートの前身頃を、捲り上げた。

「おっ」

アンダースコートではなく、黒い陰毛が見えた。生真面目な性格そのままに、綺麗に刈り揃えられている。太腿にミラーボールの星屑が投影されている。キラキラと輝く股間の底に肉裂の上縁がほんの少しだけ見えた。

「何をするんですかっ」

真木に頭を叩《はた》かれた。薄い髪の毛が乱れる。

「いや、こうするのが普通で……早く隣に座ってください」

あえてスカートの裾を握りしめたままで伝えた。真木は唇をきつく結び、目尻を吊り上げたまま座った。ピンサロではホステスの方が通路側に座る。

「それでも、松重さんが、最初のお客でよかったわ」

真木が安堵の表情を浮かべている。まだどの客にも、弄られていないらしい。

松重はスカートの中にそのまま指を這わせた。太腿の上で指を尺取虫のように進め、股間を目指していく。太腿はきつく張り合わされていた。

「なぜ、今日が決行日だと、断定したんですか？」

指の動きが気になるのか、真木はもじもじと腰を揺すっている。

「新人が入ったら、すぐにやるのが風俗業界では定番らしい」

昨日馴染みのソープの店主にアドバイスを受けていた。

「新人は売りになる。逆にいえば、新人は店に馴染めず、すぐに辞めることも多いらしい。だから、やるなら早々にやるはずだと。ふたりが今夜、本当に出勤してきたら、おそらく、まず第一回目の本番日にするに違いないと同業者に助言された。さらにいえば、初めての女と嵌めた客から喧伝されることも多いらしい」

指が淫毛に触れた。剛毛に見えたが、実際触ると柔らかだった。

「あの、指は、その辺で……　スカートの中に入れているだけでいいじゃないかしら」

「いや、リアルにしなきゃなりません。新人として、ふたりは間違いなく店に監視されている。俺たちも、疑われている可能性もある。本当にやっている感じを出さなきゃ疑われます」

現にやたらとボーイが通路をうろついていた。BGMもなかなか転換しない。SMAPのヒット曲は終わっていた。

遅い。

十分でふたまわり、客を二回抜かせるためには、そろそろフェラサインぐらいは送られてくるはずだった。

見破られているのか？

年配のボーイが通りかかった。上からチラリと真木の様子を窺っていた。松重は、そのボーイに真木の股間を見せるように、スカートを捲った。

「あっ」

いやっ、と発せられる前に唇を奪った。煙草臭い口だが仕方がない。真木は目を丸くしている。ボーイが立ち去らないので、茂りの上に止めていた指を、無理やり秘肉へと向かって落とした。ぬちゃとした感触が人差し指に伝わってきた。

真木もボーイの気配を感じ取っている。微かにだが股を拡げてくれた。ベテランを装っている以上、初心《うぶ》なそぶりは見せられないと覚悟をしているようだ。指が割れ目の中央に滑り落ちた。触ってしまった。

これ、課長のま×こ……。

ボーイが去った。そ知らぬ顔で指を縦に揺さぶった。

「はう……」

真木がキスを解き、松重の耳朶《みみたぶ》に唇を這わしてきた。甘い声で囁《ささや》かれる。

「いい加減にして。そこから手を離しなさい」

甘ったれるそぶりで、きつく叱られた。割れ目から指を縦に抜く。抜き際、肉芽をつんと擦ってやった。

「ううう」

真木が背中を反らせた。松重の経験上でも、相当大きなクリトリスだった。

態度とクリトリスの大きさは、比例するのか？

「こっちも、触れっ」

松重はみずからファスナーを引き、おのれの陰茎を取り出した。悪いが勃起している。ずんぐり形で、このところ使う機会がめっきり減った男根が、筋を浮かべてそそり立っている。ミラーボールの光に照らされると、滑稽に見えた。巨根が走馬灯のようだ。

「扱いてくれ」

平然といってやった。そうでもしてもらわなければ、怪しまれてかなわない。

「松重さんの、これを……ですか……」

「触りもしない方が、おかしいだろう」

睨みつけてやる。

「で、ですよね」

真木がおそるおそる右手を伸ばしてきた。亀頭ではなく根元を握られる。

なんか、勝手が違う。

松重は焦れったさを感じながら、自分の方は真木の乳房に手を伸ばした。服の上から触った。わさわさと下品に揉むと、手のひらに、突起が当たった。ノーブラ。場所柄、当然だった。乳首も大きかった。マメはどれもこれも大きな女だと思った。態度もだが。

上着の裾を捲って、内側に手を入れた。直接バストに触った。柔らかい。

「あっ、そんなに弄らないで」

切羽詰まった声を上げる真木をしり目に、乳頭を摘まむことにした。人差し指と親指で、コロコロしてやった。キャリアの課長に対して最低なことをしていると思ったが、業務だ。飛ばすなら、どこへでも飛ばしやがれ。

「ひっ」

真木が荒い息を吐き、身を捩《よ》じった。松重の肉棹を握る手に圧がかかった。

頼むから、根元だけじゃなく、上まで擦りたててくれっ。

業務ではあるが、勃起した男根の欲望は止めようがない。松重は真木の手の上に自分の手を重ね、強引に上方に滑らせた。

「そんなっ」

真木の手が強張った。かえって気持ちいい。ぎゅっと上に引き上げた。亀頭が包み込まれる。裏筋からほんの少し、先走り汁がこぼれている。真木の手のひらに、ねちょっと付着した。

「いやぁ、なんかついた」

「滑りやすくなるだろう」

嘯《うそぶ》いた。いやらしい思いが、脳内で火の粉を噴いた。

生意気な女課長に、ち×こを擦りつけた

警察人生の最晩年を飾るにふさわしいご褒美業務である。

手を引こうと真木が必死で抗《あらが》っている。その手を押さえつけ、肉棹の上で攻防が続いた。

と、その時だった。

BGMが〈フライングゲット〉に変わった。フェラサインだ。いよいよラストシーンへの幕が上がる。

「いやよっ、こんな手垢にまみれたの……」

真木が思いきり顔を顰《しか》めている。

「やってもらうしかない。そもそもあんたの手垢だ」

冷然といってのけた。

ズボンを脱ぐ振りをして、中腰に立ち上がった。近所の席が見えた。通路を挟んだ向こう側に上原亜矢がいるではないか。客は小栗だった。上原にファスナーを降ろされようとしている。小栗の方が抵抗していた。

上原は、スカートを捲り上げた生尻を通路側に向けていた。割れ目の間から、卑猥に蠢《うごめ》く肉襞が、はっきり見えた。びっちょり濡れている。

くわぁ～　あいつは、どスケベだ。

ズボンを膝の下まで降ろし、ふたたびソファに腰を降ろした。そそり立った男根を指さした。

「年季の入った男根だ。手垢どころか、たっぷり淫水焼けしている。悪いな。こんなので」

真木は眼で「いやです」といっていた。気持ちは良くわかる。だが上司の前で、出している自分も小っ恥《こぱ》ずかしい。

「割り切れ、業務だ」

「……にしても、松重さんのは……」

「またボーイが見回りに来るぞ。早く」

真木がしかたなさそうに頷いた。ソファに四つん這いになって、唇を寄せてくる。口が開いた。にゅるり。亀頭を咥《くわ》えられた。

女課長のフェラチオ。

腰が期待にザワザワと震えてくる。

期待はあっさり裏切られた。舌が伸びてこない。真木は首だけ振っていた。傍目からはフェラチオをしているように見えるかも知れないが、実際には亀頭の尖端に唇を被せているだけだった。いらいらする。松重は真木の尻側に手を伸ばして、後ろから肉裂を突いた。クリトリスを狙う。巨粒をつんと押してやった。

「あんっ」

唇が滑り落ちてきた。肉胴の中ほどまで咥え込んでくれた。松重は腰を突き上げた。亀頭を喉奥まで届かせる。

「はふっ」

真木がえずいた。これはかなりな快感だった。性的な喜びよりも、むしろ達成感。働く男の最大の満足感だ。松重はどんどん腰を打ち上げた。女の喉の柔らかな部位に亀頭がどんどん触れる。いいっ。

「洋子さん、チェンジです」

ボーイが上から声をかけてきた。若いイケメン面のボーイだった。〈フライングゲット〉も終わりに近づいている。

「お客さん、すみません、初出勤の新人さんなので、今日は一曲回しです」

「えぇ～、いまいいところなんだぞ」

松重は睨みあげた。さすがに不満だった。絶好調の気分の時に女を取り上げられる男の気持ちは、小便を途中で切り上げろといわれたに等しい。松重はテーブルをひっくり返したくなる気持ちを必死で抑えた。

「ホント、すみません。次も新人ですから、それに、おしゃべりカットで、即舐めさせますから」

曲は〈勝手にシンドバッド〉に変わっていた。抜きのサインだ。

ボーイが真木の手を引き、代わりに上原亜矢を連れてきた。

なんてこった。

よりによって上原だ。他のホステスだったら、遠慮なく抜こうと思っていたが、娘ほどに年が離れた上原では、さすがに気が引ける。真木が相手なら、上司に盾つく、ささやかな達成感もあるが、後輩では、業務といえど、パワハラと考える。

それに、若い後輩にち×こ見せるのは、こっちが恥ずかしい。

松重はトランクスを引き上げようとした。

「あらぁ、お客さん、隠しちゃだめぇ」

名演技の上原亜矢が、転がり込むように入ってきた。とてつもなく酒臭かった。顔も真っ赤に充血している。

「ビール、さんざん飲んじゃって。亜矢、酔っぱらってまーす。アルコール消毒したお口で、舐めちゃいまーす」

トランクスを上げる間もなく、亜矢に亀頭を握られた。真木の涎に濡れたままの亀頭だった。亜矢は演技をしているのではなさそうだ。本当にベロンベロンに酔っている。

「上原……おまえ大丈夫か?」

「とにかく、しゃぶっちゃいますから」

亜矢の瞳がトロンとしていた。生唾をゴクリと呑んでいる。上半身を屈めて、口を近づけてきた。この店では、フェラチオの姿勢は、四つん這いと決まっているらしい。そこまでの報告は受けていなかった。

亜矢がこちらの亀頭に向かって何かいっている。

「小栗さん、見せてもくれなかったんです」

恨めしそうにいっている。あの若造の男根を、そんなに舐めたかったのか。

「小栗の代わりに、こんな中年のでもいいのかよ」

「なんだか茄子みたいですね。亜矢、これ好きです」

いきなりしゃぶられた。亜矢はカッポリと根元まで呑みこんでいる。やっぱり、完全に酔っているようだ。じゅるじゅると卑猥な音をたてて吸い立ててくる。真木でイライラとさせられていた亀頭が、満足感の渦に包まれて、すぐにでも出してしまいそうだ。

上原の口に、俺が射精していいのか？　こいつ、呑んでくれるだろうか？

サザンの〈勝手にシンドバッド〉はすでに間奏に入っていた。

「おぅっ」

亜矢が松重の皺玉を捧げ持っていた。じわじわと揉んでいる。左右の玉を交互にあやすのだ。股間周辺の性感帯がすべて、波立ってきた。

「出ちまうぞ」

松重は呻《うめ》いた。亜矢は構わず肉棹全体を吸っている。吸い方のスピードも速い。肉胴の浮いた筋に舌を這わせながら、唇をスライドさせてくるので、松重は正気を失いそうになった。

「出しちゃってください。かまいません」

なんと健気なことをいう後輩なのだ。松重は感極まった。ＢＧＭが二コーラス目に入った頃には、もはや亀頭の裏が膨らみ切っていた。皺玉をさんざん揉まれているので、精汁が全部上がって来てしまっている。

「んがぁ」

切っ先が開く。ちょろっと出た。かろうじて完全噴射を堪える。亜矢が、ここぞとばかりに舌を亀頭裏の窪みに這わせてきた。いや、そこはまずい。一気に出る。

中年男としての意地があった。松重は応戦に出た。亜矢の股の付け根に指を這わせる。

後輩のマンちょんを触ることになるとは……。松重は嬉しい溜息をついた。

性活安全課とは恐るべき部署である。隔離された理由はこれか？　部員全員が兄弟姉妹になってしまうかもしれない。

「あんっ。指入れちゃうんですか？」

舐めながら、亜矢が背筋を張った。猫が伸びをするような体勢で、咥えている。見ているだけで発射しそうだ。まだ負けてはならない。

松重は亜矢の肉孔の中で、人差し指をグルングルンと回転させた。細い肉路を拡張するように回転させた。

「あぁ、あぁっ、んんっ」

柔らかな膣壁を縦横無尽に抉《えぐ》ってやると、さすがに亜矢は舌の動きを止めた。歓喜を味わうように、瞳を閉じ、鼻孔を何度も開閉させている。

指の動きを、回転から抽送に変えると、亜矢は、んんっ、んんっと呻き、腰を激しく捩じらせた。

射精するよりも、いかせてやりたくなった。松重は指を一本足した。中指だ。二本の指を重ねて、男根の形を作る。それを秘孔に挿入してやった。

「あぁっ。本物みたい」

亜矢が尻を跳ね上げた。

「だろう……」

しゅっ、しゅっと出し入れしてやった。ドロリと粘液に包まれ、指を動かすたびに、蜜が飛び散った。

「あぁあ、いっちゃう。あぁあああああああああ」

亜矢が咥えたまま、一際甲高い声をあげた。松重の肉茄子を咥えていなければ、店内中に響き渡るような声だった。

精一杯張った亜矢の背筋がガクンと折れた。亀頭に荒い息が吹きかかる。

一回果てたようだった。

男根を咥えたまま、亜矢は朦朧としていた。〈勝手にシンドバッド〉が終了していた。客を抜かずに、ホステスが果てていた。松重は大きな勝利を手にした気分だった。

店内の照明が一段階下げられた。ＢＧＭがいったん鳴りやんでいる。店内のあちこちから、ねちゃくちゃと男根を扱き上げる音が聞こえる。まだ抜けてない客は自分だけではないらしい。同時にホステスの呻き声も聞こえる。弄られまくっているのだろう。

ふと真木洋子のことが気になった。どこにいる？　松重はふたたび中腰で立ちあがった。勃起したまま立った。亜矢がそれを握っている。

すぐ後ろの席に真木が見えた。相川と並んで座っている。相川は男根を出していた。真木が手を添えている。元交番勤務の男の男根は縮んでいた。

一回、抜いたか？

真木の股間にも相川の手が入っていた。スカートで隠されているが、手の甲が動いている。若手の相川には、弄られても抵抗していない。また腹が立ってきた。

3

「えっ？」

亜矢が松重の肉頭に荒い息を吐いている。

「どうした？」

「この曲」

亜矢が天井のスピーカーを指さした。ここまで激しい音量に慣らされていたおかげで、聞き取りにくかった。耳を澄ませる。

福山雅治の〈桜坂〉のイントロが流れている。

背もたれがドンと蹴飛ばされた。振り向いて確認するわけにはいかないが、真木だ。サインを聞いた真木が、逮捕準備を促しているのだ。

「じっくり見極めなきゃならないぞ。勇み足になったら、一巻の終わりだ」

通路をボーイが見回りに来た。やはりこの新人ふたりの行為を監視している。

「私たちも、やらなきゃ」

「はいっ」

上原亜矢は、アルコールの匂いを吐きだしながら頷いた。そのまま松重の股間の上に、跨《またが》ってきた。ねちょ。濡れた割れ目に亀頭が触れる。

「入れずに、擦っているだけでもいいぞ。一分後に、せーので立ち上がる。ワッパは俺のバッグに三個入っている。いいな」

「はいっ。でも挿入します。ボーイが完全にこちらを見ていますから」

ソファの上で蟹股《がにまた》になった亜矢には、辺りが見えるらしい。

「真木課長はどうしている？」

「同じ体勢になっています。相川さんに跨って、こちらを振り返っています」

「入っているのか？」

「いいえ、相川さんの勃起していません。課長が相手だから、ビビッているのでしょうか？」

「だろうよ。まぁ、勃《た》たないのは客のせいだ。やる気を見せていれば、疑われないだろう」

「あっ、ボーイが。こっちに来ます。業務遂行しますっ」

亜矢が松重の肉棹の根元をしっかり握って、亀頭を秘孔へと誘導してくれる。ぬめる肉溝の間で亀頭が擦れた。恍惚感に血が逆流したようになり、身体中が昂奮に震えた。

──後輩のまんちょに、ち×こ這わせる。

この転属は栄転だった。

「おぉぉおお」

男根に狭い粘膜壺が被さってきた。ズブズブと根元まで下りてくる。とどめに包皮が捲れて飛び出したクリトリスを土手にぶつけられた。ぬちゃっ。

「あんっ。業務挿入完了しましたっ……あぁ……松重さんの大きい」

それは良かった。恥をかかずにすんだ。

「いいか、どの席も挿入を完了するまで待つぞ。周りは見えるか？」

「深く挿《さ》していると、目線が下がって見えません」

「すまんが、見てくれないか」

「はいっ。……あぁん」

亜矢が背もたれの向こうを確かめようと、腰を上げると、蜜壺も引き上がって肉胴がしとどに擦られた。

微妙な感触に見舞われて、後戻りできないほどに、昂《たかぶ》らされた。もう一度奥まで突っ込みたくなり、みずから腰を突き上げた。業務律動。

「あぁあん。そんなことしちゃ、ダメです。あっ、あっ、あっ、周りのホステスさんたちも、みんな顔があがったり、さがったりしています。あんっ。やってるってことってです」

「後ろは？」

真木の様子が気になった。どうしている？

「あっ、課長は、相川さんのち×こを割れ目で擦っています。相川さん、勃起していません。ふにゃふにゃしたままです。だから真木課長は縦ジャンプじゃなくて、横揺らしにしています。細長いお餅をおめこで揉んでいるって感じです。あっ、真木課長こっち向きました。睨まれちゃいました」

さぞかし、いつまで待たせるのだと、気をもんでいるに違いない。

「あと三十秒で、一斉逮捕にでるぞ」

「はいっ」

亜矢がふたたび腰を降ろしてきた。

「三十秒は、このまますねっ」

ため口を叩かれた。嵌めると女は態度が変わるものだ。後輩でもそれは同じだった。業務上でも一度入れた女は、強気に出てきた。

「いっちゃいたいの」

上原亜矢は、そうのたまった。

ずんちゅ、ぬんちゃ。松重はとにかく下から責め立ててやった。上原ばかりではない。自分も射精してしまいたかった。中途半端でやめると勃起したままワッパを振り回すことになる。それはかっこ悪い。

気持ちが高まってきた。亀頭がはち切れんばかりに膨れている。松重は起き上がった。亜矢をソファの上に仰向けにさせて、渾身のストロークを見舞うことにした。

「あぁあ、いいっ。やっぱ正常位。でも、時間は？」

亜矢が顔をくしゃくしゃにして、左右に首を振っていた。松重はかまわず、穿《うが》ちつづけた。出さないことには気が収まらない。スッパーン、スッパーンと腰を打つ。

「あぁああ。いいっ。マジ、いいっ。いっくぅぅう」

亜矢がこちらの背中に手を回ししがみついてきた。

「おぉおおおっ」

松重は猛獣のように吠えた。切っ先が割れ、怒濤《どとう》の射精がはじまっていた。

その時、真木の声を聞いた。

「逮捕っ。全員、そのまま、動かないでっ」

見上げると、警察手帳を振りかざした真木洋子が通路に立っていた。テニスウェアが、なんともアンバランスだった。岡崎、相川、小栗も飛び出してきている。全員手錠を掲げていた。

松重はあわてて亜矢の割れ目から肉杭を引き抜いた。赤銅色の亀頭が白い粘液で濡れている。真木に覗きこまれた。超かっこ悪い。

上原亜矢は股間から糸を曳《ひ》きながら立ち上がっている。そのまま通路に飛び出していく。

「逮捕っ、逮捕っ」

叫びながら半個室をひとつずつ回っている。松重も、遅まきながら通路に出た。着衣に時間を要してしまった。

「えっ？」

と振り返った亜矢が、首をかしげている。

「あの……」

真木洋子も、うなだれている。

どの席も、ホステスたちはパンティを穿いていた。ノーパンは真木洋子と上原亜矢のふたりだけだった。

「おかしいと思ったんですよ」

岡崎が両手を広げて、肩を竦《すく》めている。

「どのホステスも、パンティを穿いたままだったんです。〈桜坂〉がかかっても、パンツの上から擦ってくるだけだったんです」

「なぜすぐに、教えてくれなかったのよ」

真木が怒鳴った。怒りに肩を震わせている。

「いや、入店したら、一切連絡を取り合わない方針でしたから」

相川が岡崎を庇《かば》うようにいった。


「警察の方々、どういうことでしょうか？」

奥の扉から社長と思《おぼ》しき男が出て来た。

「うちは、ホステスには下着も取らせない、健全な方針でして。風営法の届出もしっかりしておりますし、手入れを受ける筋合いはないはずなんですが」

ボックス席のホステスたちが全員ソファの上に立ち上がり、スカートを捲って見せた。純白から派手な色まで、さまざまな色のパンティが咲き乱れた。

「新藤……」

真木は唇を噛みながら、新藤を睨みつけていた。

「嵌めていたのは、警察の方二人だけですね。自分たちで、ワッパ掛け合いますか？　まぁ、署内不倫ってことで、同意されたセックスなら、道徳に反しても、罪にはならんでしょう。うちら口は堅いですから、誰にも喋りませんっ」

潜入は完全に見破られていた。しかし何故だ？

「新藤、あなた昨日、私たちに、本番の教唆《きょうさ》をしたわね」

真木が食い下がったが、松重はもはやこれまでとあきらめた。

「本番とはいいましたが、セックスとはいってませんよ。うちの本番は、客に跨って抱きつくことです」

そういうことだ。本番の意は、どうにでもなる。

しかし、何故、ふたりが潜入捜査員だとわかったのだ。

「昨日オナニーまでさせておいて」

上原が恨めし気に新藤に詰め寄った。

「あれは、うちのバイブのモニターになっていただいただけで」

バイブ？

「お持ち帰りになったわけですし、自由意志ですね」

持ち帰った？

課長も、上原もバイブを持って帰ったのか？

「あんたらバカかっ」

松重はふたりに罵声を浴びせた。ＧＰＳ付だったに違いない。面接で挿入したバイブを持って、ウキウキと分室に戻ったら、すぐに追跡されて、素姓が割れるというものだ。

「あんなところに七分署の秘密オフィスがあったなんて、驚きですよ。いや、それも私たちは、誰にもいいませんがね」

オフィスを替える手間まで、加わってしまった。

完敗だった。

第四章　ハニートラップ

1

松重は、あの夜以来、ほとんど毎日のように、真木に罵《ののし》られていた。

「潜入が見破られていたのは、私にも責任があるけれど、私が号令を上げるまで、ふたりが欲望のままに、合体したままだったのは許せないわ」

まったくもって面目ない。

警察人生最高の極楽捜査が、いうにいえない屈辱場面に変わってしまったのだから、自分としても、このまま終わらせるわけにはいかない。

松重の横で、上原亜矢も、頭を掻くばかりだった。やっちゃってから、この女は妙になれなれしくなった。困ったものだ。

署長および本庁への報告書は小栗順平が「創作」した。

当然、仔細は記入していない。本番の確証は得たが、決行日が不明で、長期間における女性捜査員の潜入はリスクがありすぎると、報告した。

賢明である。

問題は、いかに挽回するかである。

まずピンサロ「ニッポンの友」が今後どう動くかも、注目せねばならなかった。糸を垂れている組織が、必ずあらたな動きをするに違いない。

自分たちはすでに面が割れてしまったので、松重は別な囮《おとり》を忍び込ませる方法を考えた。

これも蛇《じゃ》の道は蛇《へび》だ。仲見世通りのソープ「バブルバブル」から、新人をひとり貸してもらうことにした。元は板橋でサロン嬢をしていたというが、さらにその前は、興信所に勤めていたという経歴の持ち主だった。格好の女だった。二十八歳。由梨絵《ゆりえ》という。松重が個人として借り受けることにした。そもそも売春婦による売春内偵など、調書にも証言にも使えない。

次の週から性活安全課は鬱憤《うっぷん》を晴らすために、歌舞伎町の風俗界に絨毯《じゅうたん》爆撃的な手入れを仕掛けた。これはほとんどいいがかりに近い捜査だった。示威行為である。

警察の逆襲といわれようが構わず、やみくもに風俗店を摘発したのだ。

雑魚《ざこ》ばかりだが、検挙率は上がりだした。上は喜んだ。都議会も拍手してくれている。

ピンサロやヘルス、ソープを抜き打ちで叩いては、公然猥褻《わいせつ》罪でも、迷惑防止条例でもなんでもかんでも罪状をつきつけてやったのだから、店も怒り狂っていた。

客も男根を出していれば、公猥で逮捕する。

とにかくどんどん営停の札を切らせた。モグラたたきに近い捜査だとわかっていても、徹底的にやった。揺さぶりとは、そういうものだ。

新闘会の店にだけは事前に通報して、営停だけは免れるようにさせた。結果的に、この系統の店にだけ客が流れるようになった。

借りは、こうして返していく。

他系統の店ばかりをジリジリと追いつめ、どこからか手口が伸びてくるのを待ち続けた。戦略とはいえないが、局面の打開にはこれしかなかった。

四月の末には、歌舞伎町風俗街の三割ほどを営停に追い込めた。ほとんどが、三十日程度の軽微な処置だったが、稼ぎ時のゴールデンウイークの直前だったために、各店も名義変更の手続きをする暇もなく、大きな痛手を受けたはずだ。

ところが「ニッポンの友」はうまく逃れていた。

由梨絵からの情報では、彼女が入店して以来、本番はおろか、口淫すら止められているそうだ。男のズボンの中に手を入れ、扱《しご》く方法がとられているという。公然陳列も防止しているのだ。その代わり、客にメルアドをどんどん渡すように命じられたそうだ。

『自粛解除が見えたら、メールをします。もしよかったら、ここにお客様のメールを送ってください』と、ホステス側からアドレスを渡すのだそうだ。もちろん個人用アドを装っている。

受信したメールを店が一括管理しているとは、客に気づかせない。社長がこれはと思う客には、個別に会う方法を進めているらしい。

客のアドレスから、身元を割り出し、安全な客、あるいは騙しやすい客をリスト化するまさに巧妙な手口だ。

見事な経営戦略だ。したたかな上にも、合理的にできている。

ゴールデンウイークが終わった頃にほんの少しだけ、糸が揺れるのを感じた。

歌舞伎町に、突如新しいソープが開店したのだ。

それも、捜査を嘲笑うように、シネシティ広場に面したビルに堂々と開店させてきた。店名は「オリンピック」。警察もずいぶん舐められたものだ。

バックは新闘会系でもなく、歌舞伎町の既存組織でもない。「ニッポンの友」同様まったく新規の参入だった。保健所への登録によると、登記上の本店所在地は、港区六本木だった。

何もかもが、胡散《うさん》臭かった。

誰かが、性活安全課を標的にしているのはありありだ。乗ってみるしかない。

この店、百二十分で二十万円からという料金設定も、歌舞伎町の相場を無視している。銀座や六本木あたりの、高級デートクラブのような料金だ。モデル崩れや、テレビで見る芸能人でも使っているのかもしれない。見せしめとして挙げるならば格好の店だが、相手も罠を仕掛けているのはみえみえだ。

どんな罠が仕掛けられている？

松重は内偵をかけることにした。課長の真木に捜査費用前借申請書を提出。激論の末、五十万円を認めてもらった。そのぐらいのランクの女を求めなければ、この店の核心に触れることは出来ないだろう。

五月の爽やかな風を受けながら松重はソープ「オリンピック」へ出向いた。小栗にいって、今回は設定を変えてもらった。資産家である。働く必要もなく、優雅に暮らす金利生活者を装うことにした。

豪華なフロントで、メニューを見せられて驚いた。世界各国の女がそろっている。常駐は二十人だが、事前に要望を伝えて、予約をしておけば世界二百四の国と地域の女から自由に選べるのだそうだ。

「たいしたものだな」

「二〇一二年のロンドンオリンピックの参加国数と同じでございます」

口ひげをはやした中年のフロントマンが誇らしげに、そう答えた。

「いまはアジアとロシア、それに南米が五か国、ブラジル、コロンビア、アルゼンチン、チリ、ペルーがひとりずついます」

「北米、欧州はいないのか？」

「一時間以内に呼べますが、お待ちになりますか？」

「いや、語学が苦手だ。今日は日本人でいい」

「当店は、会員制ではありませんが、身分証明書をご提示願えれば、メニューにない女性を紹介できます。本日も特別な日本人がふたり待機しています。正真正銘の貴婦人です」

「とかなんとかいって、芸能人とは名ばかりの、テレビになんか出たことのないグラビアモデルくずれじゃないのか?」

「いえいえ、その類いではありません。たしかな出自の本物のセレブでございます。こればかりは、お客様の感覚で確認するしかありません。男と女は相性ですが、おそらくご満足いただけると思います」

自信たっぷりだった。

「いくらだ?」

「二時間で、三十万」

やはり高額だ。それだけの価値はあるといいたいのだろう。松重は現金と運転免許証を提示した。免許証は偽造だ。戸籍謄本ごと偽装された架空の人物だったが、鎌倉の資産家ということになっている。

前回のピンサロ潜入時とは格段に差のある「設定」だった。小栗の好意を感じる。フロントマンは一度、奥に引っ込んで、コピーを取っている。おそらく、すぐに、身元調査に回すことだろう。ネット系で調べれば、すぐに小栗のPCに反応するはずである。そこから逆に、こっちも調べを開始する。

「お待たせしました。では、中の方にご案内いたします」

長い通路を通って一番奥の扉に案内された。扉が開く。女が跪《ひざまず》いていた。

「いらっしゃいませ」

頭《こうべ》を垂れているので、顔はすぐにはわからない。髪の色は栗毛色に染められている。ハーフアップにしていた。セレブの香りを演出しようとしているのか、いかにも高価そうなスーツを着ている。

「お世話になります」

松重は律儀に頭をさげた。本物の金持ちは、礼儀正しい。そう小栗にレクチャーされている。

扉が閉まり、女が顔を上げた。上品な顔立ちだった。年の頃は三十代後半。ふくよかで品のある顔だった。上質なスーツに顔の品が負けていない。

これは本物に違いないと直感した。春を売るような職業に就く女とはとても思えない。その女が、こちらがベッドに腰を掛けるなり、松重のズボンのファスナーに手を伸ばし、するすると下げてきた。手が微かに震えている。まださほど慣れていない感じがいい。

「純子と申します。まずはお口で」

即フェラの店らしい。そんなことなど絶対しないような顔の女が、細い指をぎこちなく動かしながら、ズボンの中から男根を取り出そうとしている。わざわざトランクスの前口から引き抜こうとしているので、手間取っている様子だ。店のマニュアルをきちんと守ろうとしているのだろう、ズボンとトランクスを引き下げれば、もっと楽に男根が出そうなものなのに、どうしてもファスナーの間から取り出そうとしている。その努力奮闘ぶりが健気に見えた。

松重はドギマギさせられた。あまりの素人っぽさに、肉棒が一気に膨らんでいく。びゅんっと、赤銅色の肉塊が飛び出した。

「恥ずかしながら……」

松重は申し訳なく思い、純子の背中に向かって、声をかけた。恥ずかしいほどに勃起していたからだ。本当に申し訳ない。そういいたくなる相手だった。

「とんでもございません」

純子の唇が、飛び出したばかりの鈴口に被せられていく。唇も震えていた。にゅるり。雁首《かりくび》が、その分厚い唇につつまれた。柔らかい唇だった。トロ二枚に挟まれた感じ。松重は捜査のことも忘れて、うっとりとさせられた。

ズボンを下ろさず、ファスナーの間からだけ飛び出させた肉棒は、見るからに卑猥な様相をしている。そこに純子の顔が寄せられ、口の中に収められてしまったのだ。

「うぅうっ」

たまらない。痺れるような甘美な感触に、松重は背筋を伸ばし、身体を強張らせた。

純子が頭をゆっくり振っている。窄《すぼ》めた唇で、亀頭と棹《さお》の中腹を往復していた。咥《くわ》え方はあくまでも浅い。カッポリと根元までは入ってこない。そのかわり亀頭の裏側を懇切丁寧に舐めてくれているのだ。舌も分厚かった。先端をしこらせて、亀頭の窪みを執拗に責めてくる。ちゅるんっ、ちゅるんっ。舌を振る舞われた。蕩《とろ》けるような快感に見舞われる。

「おぉおお」

じわりじわりと追いつめられた。ズボンを脱がされていないので、肉棒が張り詰めるほどに、玉袋が締め付けられて痛くなってきた。この若干の苦痛も、性感を高めてくれる。恥ずかしながら亀頭の先から、薄い液をこぼす。眼を細めたままの純子が、口を離した。

「まだ、出さないでくださいね。これはご挨拶ですから」

にっこり笑っている。この笑顔も品がいい。

「あと、ひと舐めされたたら、爆発するところだった」

「女を持ち上げるのが上手なんですね」

純子は上半身を伸ばして、松重のベルトに手を掛けてきた。ウエストが緩められ、金玉への圧迫から、ようやく解放された。そのまま腰に手を掛け、ズボンを引き下げようとしている。力を籠《こ》めるため、純子の片膝が上がった。スカートがずり上がって、股間が覗けた。パンティは穿《は》いていなかった。細長い筋がチラリと見えた。筋の間がキラリと光っている。

あんな上品な顔立ちの女が、こんな年寄りの肉棒を咥えて、濡らしていると思うと、胸が熱くなった。にわかに松重も催してきた。捜査を忘れて、またまた欲情のスイッチがカチリと入る。

裸にされて、ベッドに寝かされた。純子はまだ服を着たままだった。騎乗位で跨《またが》られた。スカートの裾を捲《まく》り上げている。旺盛に茂った陰毛が見えた。美貌の顔とは対照的な、卑猥極まりない股間だった。

「即入です」

ほんの少しの間、純子は淫穴との接点を探して、濡れた割れ目の上に、亀頭を滑らせた。亀頭の裏に小陰唇の花びらが当たって、気持ちがいい。

男頭が少し窪んだ位置に落ちたと思ったら、純子がいきなり尻を降ろしてきた。

「あっ」

純子も呻《うめ》き、両手を上げて髪をハーフアップに纏《まと》めていたバレッタを抜いた。眼を瞑《つぶ》ったままそうする仕草が艶《なま》めかしすぎる。

栗毛色のロングヘアが、はらりと舞い降りて、純子が頭を振った。髪の毛が左右に舞った。華麗だ。とたんに膣層を狭めてきた。

「んんんっ」

松重の砲身が潰《つぶ》されてしまいそうになる。純子はスカートを下ろし、肉と肉が繋がった部分を隠してしまった。

「結合部が見たい」

願望をそのまま口にした。

「いやっ、恥ずかしいです」

純子は顔を赤らめた。手練手管《てれんてくだ》のプロの恥じらいのポーズとは思いつつも、その純情そうな顔に、松重はぐっと来た。完全に虜《とりこ》にされている。女と店の思うままだ。

手を伸ばし、むりやりスカートの裾を捲《まく》り上げた。どうしても結合点が見たかった。紳士の設定を取り下げる。

「いやっ、そんなところを見ないでください」

純子は必死にスカートの裾を下ろそうとしている。物凄い力だ。

これも羞恥のポーズだとしたら、迫真の名演技だが、どうも演技には思えなかった。

刑事の直感というしかない。本当に恥ずかしがっているのだ。

松重は、女のか細い手を払いのけた。

「あぁ……そんなぁ。一回目は、スカートで隠したままでするのが、決まりなのよ。最近、手入れが多いから、初見の客との本番は、一回目は、隠してやれって。囮かも知れないからよ。警察に踏み込まれても、すぐに外せば、結合がばれないって」

「大丈夫だ。そんなに、頻繁に手入れなんかあるもんじゃない」

「お客さまは、みんなそうおっしゃるんですけど。店の方針ですので。あぁああ、だから捲っちゃっダメですって」

かまう気になれなかった。捲ったというよりも、スカートの裾を腰骨まで、ずり上げてやった。

「いやぁあ。本当に恥ずかしい」

騎乗位だから眼前に結合部が丸見えになった。

「かまわない、誰か来たら、すぐに裾を下ろしてやる。紳士協定だ。だから、そのまま出し入れしてくれ」

「もう……お客さまったら……」

純子は、縦にズブズブと挿《さ》すように尻を上下させている。肉裂が淫らに開き、男根の全長が隠されたり、出されたりしている。赤銅色の砲身に、白い粘液がべったりまぶされはじめていた。

「あぁ……知らないっ」

純子は唇を噛みしめ、天井を向いてしまった。肉を繋げた様子を眺めつづける松重と眼を合わせたくないようだった。尻は一生懸命に上下させている。ぎこちないが、力のこもった抽送だった。

松重は数分で切羽つまってきた。半身を起こした。このまま放出するのは忍びない。

両手を純子の腰裏に回して、ぐいっと引き寄せた。土手をガッチリ合わせてやる。

「あぁああ。よして、そんなに密着させないで」

肉棹の全長をザックリ挿入させた。そこで止めた。引き抜かない。棹の根元にクリトリスが当たっていた。こちらの土手が淫豆を隙間なくぴっちりと塞いでいる。

松重はその状態で、腰を揺さぶった。これは効くはずだ。

「あぁああっ。そんなことをされたら、すぐに果ててしまいます」

イクといわないところに、気品があった。果ててしまいます……なんとも奥ゆかしいいい方ではないか。松重はさらに燃えた。ぐいぐいと、肉芽に圧力を掛けた。

「あっ、あっ、あっ。ここで果てたら、私、先が出来なくなっちゃいます。まだ服も脱いでいないし、マットも用意していないですから、許してください」

純子は涙目になっていた。ほとんど素人同然だった。これはムキにならざるを得ない。燃えた。

腰を揺すり、狭い肉穴を巨棒で捏《こ》ねまわしながら、じりじりと肉芽をいたぶってやった。

「だめっ、だめっ、いっちゃうっ。一回しか出来なかったら、店長に叱られるわ」

「平気さ。フロントには十発やったといっておく」

「いやぁああ」

喋りながらも、張り合わせた土手で、肉芽を擦《こす》りたててやった。ぬらぬらとした膨らみが、悲鳴を上げそうになっているのがわかった。一瞬、肉芽が最大級の硬度を見せた。膣層もざわめきたった。隙間なく埋め尽くされていた肉棹がべっとりとした液に包まれた。

「あぁぁああ」

純子は、たぶん昇った。身体をガクガクと震わせながら、前に倒れてくる。松重は抱きすくめて、唇を重ねた。

「あぁ、お客さまから、キスするのは、反則ですが……」

「それも、大丈夫だ」

舌を絡ませ、べろべろと舐め回してやった。

一回戦目が終わり、ふたりでベッドに寝そべっていた。純子がベッドサイドの店内電話で飲み物を頼んでくれた。

「ちょっと、待ってくださいね。とにかく、一回休まないと、私、マットも敷けないわ」

松重としてはいい気分だった。入りたてとはいえ、プロの女を倒したのだから、痛快だった。

トントンと扉がノックされて、僅かに開いた。さりげなく、トレイに載せられた珈琲とミネラルウォーターが差し出された。純子がベッドから降りて、運んでくる。

トレイにはメモ紙が載っていた。

「この歳になると、冷たいものがダメで。どんなに汗を掻いても、珈琲かほうじ茶がいい」

ソープで飲む珈琲は、格別な味わいがあった。洒落たソーサーに載っているのも良かった。缶ビールなどを飲むより断然、気分がいい。

純子はミネラルウォーターを飲んでいた。ボトルごと口に運ばない。プラスチック製ではあるが、きちんとグラスに注いで飲んでいた。純子は水を飲みながら、さりげなくメモ用紙を握りつぶしている。スカートのポケットにしまいこんでいる。心なしか、眉が吊り上がり、頬が紅潮していた。

「なんだ、それ？　珈琲代の請求かい？」

「いえ、飲み物のお代なんていただいていません」

ふつうのソープでも、たいがい取らない。ならば、さっさともう一発やれという督促か。松重はまだのろのろとした動きしかできないでいる純子のバストに手を伸ばした。もちろんノーブラだった。

「あんっ。くすぐったいです」

上半身を捩《よ》じって、純子はベッドに手を突いた。膝頭が開いた。まだ火照ったままの肉陸《にくりく》が露わになった。襞は開いたままだった。松重が身を屈めて、太腿の間を覗くと、パールピンクの真珠玉が、裂け目の上縁から顔を出していた。腫れが引いていない。

いきなり手を伸ばして、そいつを擽《くすぐ》ってやった。

「いやぁあああ。まだダメです。本当にダメです」

純子が悲鳴を上げた。ベッドの上でのたうちまわっている。その隙にポケットに手を入れた。メモ用紙を引き出す。純子があっと身を翻したときには、メモはすでに松重の手中にあった。

〈お客は最上級のランクだ。ここではもったいない。店外デートに持ちこめ。うちの運営している秘密クラブがあることを、この客には話していい。４Ｐの件も伝えろ〉

そう書かれていた。とうとう釣り糸に引っかかった。向こうもそう思っているに違いない。ここからは騙し合いになる。警察がキツネで、店側がタヌキのようなものだ。さてと、そういう展開になるか。

「ここよりもさらに上等な秘密クラブがあるのか？　４Ｐもさせるのか？」

松重は色めきたった。

「そうなのですが、私は望みません。ここで働かされるだけでも、もう限界なのに、これ以上深みにはまりたくはないのです」

純子の顔はマジだった。

「こんなところで、あなたの素性を聞いたところで、教えてはくれまいが、力になれないことはない。それなりの資力はあるつもりだ」

「お金の問題ではありません」

「なら、立場の問題か？」

金で解決しない問題があるとすれば、それしかなかった。人間同士のいさかいは、富と名誉と異性の奪いあいしかない。最後のひとつは人間というよりも動物的である。

純子は無言になった。間違いない。立場上の問題で脅されている。本人か家族かのいずれかだ。

「この伝言を、受けなければますます不利になるのではないか？」

純子は首を振った。質問に対してではない。客と個別の付き合いに進むのを拒絶しているのだ。何度か痛い目に遭っていると推測できる。

「資力だけではなく、私には、それなりの権力もある」

松重は畳みかけた。たしかに権力なら持っている、国家権力の末端を司っているのだ。嘘ではない。純子の瞳が微かに輝きを取りもどすのがわかった。

「助けてやる」

もう一度いった。純子が微かに頷いた。

「それなら、店にそう伝えろ」

「個別デートは一対一ではダメなのです。こちらももうひとり女性を連れて行きます。もっとも私は、組まされる相手を知りません。お客さまも、どなたかを連れてきてもいいのです。しかるべき立場の方をお店に登録してください。登録可能な方でないとなりません」

見事な商法だ。女は相互に監視させる。そして客にはあらたに上質な客を連れてこさせる。殺し文句は4Pだ。

「わかった、明日中に私同様の資力と権力を持った男を登録させる。それでいつなら、会える？」

「登録者に問題がなければ、三日後には、アポイントメントが成立します。こちらが指定するシティホテルになりますが」

「わかった。その日に嵌《は》めながら、ゆっくり詳しい話を聞かせてもらおう」

「わかりました」

純子はスカートの捩じれを直して、水を飲んでいる。

「からだの震えは、おさまったか」

「お客さまが優しい言葉をかけてくれるので、収まりました」

「じゃぁ、マットプレイにしようか？」

「えっ」

純子はやっぱりやるんですね、という顔をしたが、俯《うつむ》きながら服を脱いだ。形の良いバストにくびれた腰。均整のとれた体だった。

マットで一回。またベッドに戻って一回。松重は、すべて自分が主導的になって、やりまくった。ソープ嬢を三度も頂点に導くのは、いい気分だった。純子は狂乱の声をあげ、帰り際には、もう立ち上がることが出来ないほどに、ぐったりとなっていた。

感じやすい子は、この商売には向かない。可愛いそうな女だと思った。

店を出た。シネシティ広場の中央で上原亜矢が待っていた。人ごみに隠れて、すれ違った。クロスする瞬間に携帯カメラを渡した。無音シャッターの超小型カメラだ。純子が極点に達して一瞬気を失っている間に、その顔を撮影していた。上原亜矢が、その画像データをもとに、純子が出てきたら、尾行することになっている。

さてさてどんな出自の女であることか。

松重の方も尾行されてい
い、辺りに聞こえるような大き
首都高速の新宿インターに入っても
びタクシーを拾い、新宿七分署に向かった。そ
る。

2

久しぶりに七分署に顔を出すと、マル暴時代の同僚と廊下で鉢合わせになった。いきなり胸倉を摑《つか》まえられる。武闘派系の組を担当している男だった。

「エロ担ごときが、ちゃちなキャンペーンを張ってんじゃねぇよ。泡をいくら捕まえても、薬《ヤク》もチャカも出てこねぇだろうが。裏カジノや薬の売人も、得意客の風俗嬢が減って困っている。追いつめすぎると、別な資金源を巡って抗争が勃発するぞ。適当に裏稼業同士で金を回させておけば、武闘系の組も素人に手は出さないってもんだ。このままだと、六本木のガキどもをのさばらせることになるぞ」

かつての同僚にそう凄まれた。同感でもある。だが松重は突っぱねた。

「抗争で一網打尽にするいいチャンスじゃねぇか。それを、潰すのがおまえらの仕事だろう。ばーか」

腹の中は、この男の意見と同様だったが、今回ばかりは、自分が恥をかかされた恨みがある。これは真木ばかりではなく、自分の腹いせでもある。

「国産の極道同士をいがみ合わせて、どうする気だ？」

元同僚は、本気で怒っている。

この町の裏組織の微妙なバランスが崩れると、警察ごときでは手に負えない暴力が巻き起こってしまう。マル暴が一番それをよく知っていた。

「心配するな。与党組織の顔は立てている。俺だって、元は組織犯罪対策課だ。その辺のことに抜かりはない」

二十年ほど前の総会屋と同じで、暴力組織の中にも「与党」はいる。そこと組むのも、治安維持のひとつの方法だと、松重は考えている。決して口には出せないことではあるが、多くのマル暴刑事たちも、そう思っているに違いない。

「ふんっ。新闘会だけが、いい思いをしているという話だ。飯島組や喜多川会だって、与党だ。色売《いろうり》は新闘会の専売だから踏み込んでいねぇが、戦略的互恵関係にある。女が稼いだ金が、盆《ぼん》や闇金の資金として流れてくるからな。その辺の金が回ら

なくなったら、やつらも薬《ヤク》に手を出してくるぞ。そしたら地図が変わっちまう」

「わかっている。キャンペーンはあと二週間ばかりだ。糸の先がそろそろ見えてきた」

「ほんとかよ」

「おまえにいうと、飯島組に筒抜けになるから、教えんがな」

「ふんっ」

日頃の安物ジャケット姿に戻って、分室に戻った。ピンサロ「ニッポンの友」の捜査失敗で、アジトがばれてしまったので、分室は移転していた。本庁から特別に予算が降りてくるので、ありがたい。小栗の創作した報告書には、区役所通りでは、マルタイに隣接しすぎているとも、訴えていた。よって性活安全課は歌舞伎町二丁目の奥まった位置にあるビルまで撤退していた。

今度のオフィスは、家具屋を偽装していた。店の前面に骨董品めいた家具を並べている。実際は骨董的な価値などゼロの、ガラクタ家具だ。これは襲撃に遭った場合の盾になるものを多く持つための手段だ。今度は小栗が中心になって、この課そのものの偽装を計ったので、手が込んでいた。小栗にいわせれば、頻繁にトラックを出入りさせても、怪しまれない利点もあるそうだ。頷ける。

ビクトリア朝を模した安物の椅子の前を通り抜けて「家具屋」のオフィスに入った。

小栗順平が、待っていましたよ、という顔で出迎えてくれた。

課長と岡崎は出払っていた。本庁に予算折衝にいっているということだった。相川はもと地域課勤務らしく、大久保通りのストリートガールの威嚇に出掛けている。

オフィスにいるのは小栗と庶務課の新垣唯子だけだった。

「たったいま、上原捜査員から、連絡が入りました。女は、杉並の豪邸に住んでいます。住所から所有を割り出したところ、五菱《ごんびし》物産の香川《かがわ》副社長の邸だと判明しました」

「五菱物産？」

この国を代表する総合商社である。

「所有者の副社長香川輝夫《てるお》は、五菱物産の現社長香川亀次郎《かめじろう》の息子で、四十九歳。女は、周辺住民に確認したところ、その妻に間違いありません。本名は香川雅代《まさよ》です。もとは国際線のCAというところまで調べがつきました」

何故そんな女が、いくら高級とはいえ、ソープランドで働く？　どこかから脅されているとしか、考えられない。

松重の頭の中で、一気にひとつの仮説が浮かび上がった。実証するのみだ。

「小栗、お前も資産家かエリートサラリーマンの設定を作り上げてくれ。オリンピックに登録する」

「先輩、あの店は会員制ではないはずじゃ」

「店の他にさらに秘密クラブがある。店はおそらく金持ちをフィッシングするための、出店にしか過ぎない。二時間で二十万から五十万でも来る客だ。しかも世界各国の女が揃っていて、それを好む客といえば、相当な粒ぞろいということになる。奴らはそういう客を見つけ出しては、食いものにしようとしているんだ。女も何らかの形で、弱みを握られて、売春婦に仕立てあげられている。俺たちが、直接、その客になるしかない。個別密会は二人一組とされている。うまく練り上げたものだ」

「なるほど、わかりました。そしたら、僕は何になりましょうか」

小栗はパソコンのキーを素早く叩いている。自分に合ったキャラを探しているに違いない。

そこに庶務課の新垣唯子がお茶を運んできた。歌舞伎揚が添えられていた。この女は、小栗に対してだけ、煎餅やビスケットを添える。気に入らない。松重はわざと聞いた。

「新垣君。小栗が高級売春クラブに潜入するとしたら、どんな役回りがいいと思う。俺はパイロットとかIT企業の社長がいいと思うのだが。まぁ、どんな職業の男でも、裸になって勃起すれば、同じだがね」

最後の部分を強調していった。

「えぇーっ。私、小栗さんの潜入捜査には反対です。そもそも小栗さんは、現場担当ではなくて、参謀役として、この課に配属になったはずじゃ」

悲鳴に近い声を上げている。ざまぁみろ。ジジイのやっかみだ。

「僕は、東京貿易銀行の調査課長あたりがよさそうですね。いちおうエリート集団です」

「そんな銀行あったのか？」

松重は聞いたこともなかった。

「一般用の窓口はありませんから。国際貿易系の企業にだけ融資をする、いわゆる政府系銀行です。このケースだと、そこの社員に化けるのがいいと思います。女はもと国際線のCA、夫は総合商社の御曹司。なにか国際的なビジネスに関する人間を、マトに掛けようとしている気がします。この会社名に、向こうがなにか、反応をしてくる可能性があります」

「うまく、銀行員になりすませられるのか？」

「政府系というのがメリットです。財務省からうまく下ろしてもらいます」

なるほどと、松重は頷いた。

「いやぁあ、小栗さんが裸になって、勃起したりしちゃダメです」

新垣唯子が机の横で、わめき立てていた。松重は席を立った。真木にすぐに連絡を取った。本庁の組織犯罪対策部、経済産業省、外務省。連絡を取ってもらいたいところがたくさんあった。

3

案の定、小栗順平の東京貿易銀行調査課長の肩書きは、一発でオリンピックの審査を通った。例の中年のフロントマンからすぐに返事が届き、

「ならば、お知り合いにも、極上の女を紹介しましょう。松重さまも、存分に4Pをお楽しみください」

とあいなった。

指定された西新宿の高級ホテルへと入った。小栗と共に二十五階のセミスイートで、純子たちが来るのを待った。

七十平米は、優にある部屋だった。特に間仕切りはないが、キングサイズのベッドの他に、応接セットや、大型テーブルまで付いている。

小栗とは無駄な会話はしなかった。盗撮はもちろん盗聴もされている。小栗が素早く探知機で確認していた。場所を探すと、すでに送られているはずの映像でばれるので、平静を装っていた。

組織に対しても、慎重にならなければならないが、女たちにも、こちらの素性を知られてはならない。まだ純子を百パーセント信用しているわけではない。

純子の素性を知っていることも、微塵にも出してはならない。松重は出しどころを考えた。とにかく、パンツを脱がせてからだ。できれば挿入もしたい。

五菱物産の副社長夫人に挿入するのだと思うと、それだけで、ある種の満足感を得た。哀しい庶民の性《さが》だと思う。

小栗の方も高揚していた。前回のピンサロ捜査では、結果的にパンツを穿いたホステスに、肉根を軽く擦られただけで、すべてが終わっていた。以来この男は、ふたたび現場に潜入するのを楽しみにしていたらしい。

いまも小栗は高層ホテルの窓から眼下の副都心を眺め、平静を装っているが、常に荒い息を吐いている。これからやってくる自分が担当する女を思って昂《たかぶ》っているのだ。可愛いものだ。

チャイムが鳴った。松重がドア・スコープを覗くと、純子の顔がアップで映った。あいかわらず薄化粧で、おっとりした表情を浮かべている。

後ろに、もうひとり女が立っていた。背が高い女だった。扉のロックを開ける。

まず純子が入ってきた。前回ソープで会ったときよりも、はるかに高価そうなスーツを着ている。先日のタイトスカートと違い、フレアスカートになっていた。ナチュラルカラーのストッキングもつけていた。

いや、これはパンストかもしれない。こればかりは捲って見なければ、わからない。数分後に捲るのが楽しみだ。

その後ろから入ってきたもうひとりの女を見て、松重は卒倒しそうなほど驚いた。窓辺に立ったまま、格好つけてゆっくり振り向いた小栗も、瞳を丸くしている。瞳から余裕の色が消えうせていた。

女の顔はテレビでよく見る顔だった。女優であり、タレントであり、時には歌もやっている。すでに翳《かげ》りのある芸能人ではない。二十八歳の娘盛り。いまも現役バリバリのスターである。先週もスペシャルドラマに、準主役で出演していたはずだ。

「永沢里美《ながさわさとみ》さん？」

小栗は驚きの声を上げていた。

「はいっ。永沢です。どうかこのことはご内密に」

「内密も、なにも。なんであなたが」

自分が抱く女が大物過ぎて、すっかりビビッているようだ。

純子が話を引き取っている。

「ここに来る訳は、それぞれ事情があってのことです。詮索はしないでください。

私は松重さんに、お願いがあってやってきました」

「純子さん、その話は、待ってくれ。そちらの店が指定してきた部屋だ。カメラや
マイクが仕掛けられていないとも限らない」

純子の瞳がいきなり吊り上がった。永沢里美は、身を強張《こわば》らせて、あたりを見回
している。

「実は私たちも……」

純子がいいかけた瞬間に、松重はその優美な唇に、こちらのタラコ唇を重ねた。

しゃべらせてはならない。

小栗もすぐに合点して、永沢里美を抱き寄せている。小栗にして、最大の勇気を奮っていることだろう。

「やりながら、話しましょう。もしカメラが仕掛けられていても、私たちはかまわない、もみ消す権力を持っている。しかしいま、バレてはまずい。セックスだけは付き合ってくれますか？」

純子の耳もとにそう囁《ささや》いた。

「はいっ、わかりました。このまま流れ込むのですか？」

純子の方も、耳元でいっている。小栗たちも、同じように囁き合っていた。もし盗撮盗聴されていても、睦言《むつごと》をいい合っているようにしか、見えないだろう。

松重は純子をベッドに誘導にした。キングサイズのベッドだった。小栗と永沢里美はベッドの手前にあるソファセットでもつれあいながら、キスをしていた。上手い動きだ。女優でもある永沢里美がリードしだしたようだった。

松重は純子をベッドの上に仰向けに寝かせた。正面に正座する格好で座る。まずは全身を眺めた。どこからどう見ても、セレブな人妻だった。生唾《なまつば》をゴクリと呑んだ。

「あの、自分で脱ぎましょうか？」

いちおう金で買われているという立場からか、純子はジャケットを脱いだ。

「いや、そこまででいい。先日の着衣のままのセックスが良かった」

純子が顔を赤らめた。愛《いと》おしい。

もっとも松重の本音は別なところにあった。盗撮を意識していた。どちらも真っ裸になっていなければ、動画にアップされても怪我が少なくて済む。

スカートを捲り上げた。

「いやっ」

ブラウスのボタンから外されると思っていたに違いない純子は、甲高い声をあげた。スカートの股間部を必死に押さえている。手をどかして、捲り上げた。子供の頃のスカート捲りのように、昂奮した。腰部は包まれていた。パンストだった。

肌色のパンストの下に、光沢のあるペパーミントグリーンのパンティをつけていた。

パンストのベージュ色と、この鮮やかな色が対照的で、欲情をそそられた。

「破ってもかまいませんっ」

たいがいの客がそう望むのだろう。純子は、あえて腰を突き上げている。

「いや、その趣味はない」

本当はその趣味は、ある。これが上原亜矢との遊びなら、バリバリに破くところだ。だが松重はまだ警戒していた。いま誰かが、飛び込んでくれば、レイプの現場にも見える。この部屋は店側が常時借りている部屋だ。どんな事態に陥《おとしい》れられるか知れたものではない。

松重はパンストを丁寧に脱がせた。爪先から腰部までをぴっしり覆っていたパンストが取れると、それまで籠っていた女の濃厚な匂いが、松重の鼻先にまで、ぷーんと漂ってきた。甘く、いやらしい香りだった。パンティは先ほどまで、パンストのセンターシームが食い込んでいたせいか、股布の中央を筋に食い込ませている。

下半身はそこまでにして、松重は身体の位置を変えた。純子の横に、身体を密着させて寝た。パールのネックレスがぶら下がったままのブラウスに、手を掛ける。ボタンを外しながらいった。

「やりながら聞きます。脅されていますか。返事はいい。首だけふってくればいい」

純子は縦に首を振った。松重はボタンを上から順に外していく。三つまで外したところで、パンティと同色のブラジャーが現われた。谷間が汗ばんでいる。香水と汗の混じった匂いがした。セックスをはじめる前に、よく嗅ぐ特有の匂いだ。

「直接ですか？　それともご家族ですか？」

純子の顔が強張った。自分の素性を知られることを恐れている顔だ。

「正直に話してくれれば、協力します」

ブラウスのボタンをすべて外し、胸を開いた。純子が答えないので、そのままブラジャーのフロントホックを外した。カップが緩む。乳首が見えそうになった。

「ここでも、盗撮されていますよ。また脅されますよ。それでもおっぱい出しちゃいますか？」

「いや、盗撮されるのはもう二度といやっ」

純子が激しく顔を振った。やはりこの部屋は盗撮されている。小栗に咳払いを二度して教えてやる。小栗は女優にフェラチオさせていた。完全に怒張したものを咥えさせている。女優の方は長い髪で、顔の半分を隠していた。

「盗撮されていると知ってやって来たのか？」

「私たちは、そのたびに盗撮されているはずです。確証はありませんが、最初がそうだったので、今回も間違いありません。もしそうだとしたら、松重さんも、あの銀行の方も脅されます」

「俺たちは、セックス場面を撮られたぐらいじゃ、びくともしない。むしろそれを楽しんでいるぐらいだ」

松重は好事家《こうずか》の体《てい》を装った。

「で、いままで、何回このホテルでやった？」

「私はうまく、お客を躱《かわ》していたので、これが三度目です。永沢さんはもう、十回以上も、こうして撮影されているそうです。こうやって私たちは、蟻地獄に落とされていくんです」

乳首に指を這わせた。右カップを外した代わりに、手のひらで包みながら、隠してやる。手のひらの中央に硬い乳豆が当たる。触り心地が微妙に気持ちいい。コロコロとゆさぶってやった。

「あんっ」

純子がバストをせり上げた。

「最初は、あんたの亭主が、この罠に落ちたんだな？」

いきなり核心を衝《つ》いてやった。純子の顔が引き攣《つ》った。胸の上の松重の手を払いのけようとした。松重は、がっしりと乳房を摑んだ。

「だから、正直にすべてを話してくれないと、力になれない。香川雅代さん」

「どうして、私の本名を……警察のかたですか？」

「違う、警察だったら、あんたのこんなところを触ったりしない」

松重はいきなりパンティの中に手を潜り込ませ、肉芽を揺さぶった。何度も揺さぶった。雅代が淫核に弱いということを、松重は充分に知っていた。

「あっ、あっ」

腰をガクガクと震わせて、純子は歓喜の声を上げはじめた。

「ご主人が、この秘密クラブで、女を抱かされて、脅されたんですね。盗撮されたんでしょう」

もうほとんど仮説は当たっているに違いなかった。

「そうです。あの人、ニューヨークが長かったので、欧米人が好きで。それで二年前にこのクラブを知ったんです。私もこちらの素性を知る日本人女なんかと、面倒くさい関係になって欲しくなかったので、外国人相手の性処理に関しては、眼を瞑っていました。そしたら、こんなことに」

「女房を差し出さなければ、五菱物産の副社長が、ズコバコやっている映像を流すといわれたんでしょう」

「そ、そうです。五菱は江戸時代から続く名門です。あの人の代で終わらせるわけにはいきません」

殊勝な妻だった。

松重は雅代に向き直った。腰骨に食い込んでいるパンティのストリングスに手を掛けた。少し引く。陰毛が見えた。

「ご主人は、取引に何を要求されている？」

ストリングスを引き下げた。太腿までおろした。股布がべちゃと剝がれて、ふっくらとしたまんじゅうが丸見えになった。茶褐色のまんじゅうだった。真ん中から白餡が溢れている。

「南米の商社の紹介をさせられました。最近は北欧の取引の手続きを五菱の子会社でさせています」

「商社とは、平たくいえば女の斡旋業者《リクルーター》ですね」

「そ、そうです。政界工作もしています」

「どんな？」

「簡単です。官僚でも国会議員でもこのクラブを紹介さえすればいいのです。最初は相手の知っているホテルに芸能人を回します。相手が安心した頃合いを見計らって、盗撮を仕掛けます。あとは簡単です」

見事なやり方だ。老舗の組の仁義ある色仕事とは訳が違っていた。

「あなた自身は、もとＣＡだが、何を頼まれている？」

パンティを一気に足首から抜いた。雅代は股を閉じてもじもじしている。松重は自分のズボンを下ろした。トランクスも脱いだ。盗撮されていると、はっきりわかって、少し興奮している。帰りにカメラはボロボロにしてやる。動画をアップされても、すべて潰せる仲間がいる。目の前で、永沢里美の股間を舐めている小栗だ。この男のやり方は目には目をだった。やらせてみせたい。そのためには、ここでちゃんとセックスしておく必要があった。

肉を自分で扱いた。

「私はＣＡを集めることです。芸能人や女子アナよりも低いものの、ＣＡブランドは、まだあります。クラブの男性会員との合コンをやって、嵌めている現場を撮影させます」

つまり男も女も、一度撮影されたら最後、とことんしゃぶりつくされるということだ。

「ＣＡの仕事は、売春だけじゃないだろう？」

各国の空港をたいした審査なしで、クルー専用口から出入りできるパイロットやＣＡを、裏組織の人間が使わないわけがない。

「税関を通さない現金や金塊を運びます」

「それだけじゃないだろう」

「知らないうちに、薬物も運ばされていると思います」

それだけ聞けば、もう充分だった。松重は雅代の割れ目の中に、肉頭を沈めた。ぶすりと挿入してやった。膣層を圧迫されて、中に溜まっていた白餡のような粘液が、ビュンと溢れ出てきた。女のまんじゅうの、もっともいやらしい瞬間の光景だった。

「あぁあああああ」

素早いストロークで、スッパーン、スッパーンと打ってやった。膣肉がどんどん狭まり、肉茎を締め付けてくる。雅代の顔は紅潮し、首には太い筋を浮かべていた。

「裏で仕切っているのは誰だ？」

「あっ、うっ……それは、主人でもわからないそうです。私たちは、もう一年以上前から、メールで命じられるままに、動かされているだけです。そのたびに、新しい動画が添付されてくるんです。これも明日には、確実に添付されてきます」

「だったら、盛大に見せてやろうじゃないか」

松重は雅代にみずから膝を抱かせ、結合部分をはっきり見せながら、その中心を抉《えぐ》り続けた。

「あんっ、あんっ、いっちゃう」

最後に夥《おびただ》しい量の精液を香川雅代の肉筒の中にしぶかせた。じゅうじゅうと流し込んでやる。爽快な気分だった。

小栗の方も果てていた。永沢里美は、ソファの上で、服を着たまま、両脚を拡げていた。ぐったりとしていた。小栗も、ぜんぶ脱がせずに済ませたようだった。

テレビでおなじみの顔が、唇から涎《よだれ》を流していた。

「彼女の事務所の社長が引っかかったために、所属タレント全員が、罠にはめられたそうです。社長は、いまもスカウト活動を続けていますが、組織の人間にしたら、ただで、有名人売春婦を製造してくれる、便利なマシンということになります」

「そういうことだな」

町でこの事務所の社長にスカウトされたら最後、タレントにしてもらえる代わりに、有名になったとたんに、貢ぎ物にされるということだ。

おそらくこの組織はテレビ局、映画会社、レコード会社にまで広がっているはずだった。

盗撮による恐喝。

少し有名な立場になれば、誰でも、従わざるを得ない恐喝方法だった。これは暴力や麻薬漬けよりも手っ取り早い。

松重は、とりあえず、永沢里美の割れ目にも男根を突っ込んだ。

この際、やれることはすべてやっておきたい。庶民の願望をそのままに、有名女優の肉孔を蹂躙《じゅうりん》した。小さくて締まりのいい孔《あな》だった。こんなところに、中年の薄汚い肉棹を挿入してよいものかと思ったが、そこは役得と割り切った。

「ああっ。気持ちいい」

永作里美も女に変わりはなかった。ずんちゅ、ずんちゅと、穿《うが》ってやると、甲高い声を上げて、尻を打ち返してきた。

すでに香川雅代で一度果てているので、長持ちした。美貌の女優をたっぷりと堪能して、汗をびっしょりとかいた。エロ担も悪くない。

小栗も香川雅代と交わっていた。もともと4Pの契約だから、どちらも文句はいわなかった。

日本を代表する総合商社の副社長夫人と、テレビで見る存在でしかなかったタレントのそれぞれに、精汁をぶちまけて、松重は清々とした気分になった。

「それじゃぁ、宣戦布告といくか」

「ですね。途中で周波数に悪戯《いたずら》してやろうかと思ったのですが、そしたら我々を不審に思って、踏み込まれるかもしれなかったので……いちおう先輩が聞きだすまでは、と我慢していました」

「なあに、ここはインテリの操作なんかよりも、古典的なやり口のほうがいい。どうせ、画像は組織の本部に送られてしまっていると思うが、せいぜいカメラだけは使い物にならないようにしてやろう」

松重は葉巻を咥え、ライターをカチリと鳴らした。火をつける。葉巻の尖端が赤々と燃えた。窓辺に近づいた。新宿の町を見降ろす。

「そろそろ、みんな帰り仕度はできたかな？」

振り向きもせず、問いかけると、三人の声がした。準備完了のようだ。松重は葉巻をあえて、窓辺に置き忘れた。レースのカーテンにあえて先端を触れさせていた。盗撮画像では、おそらく見抜けまいという角度だ。

全員で部屋を出た。エレベーターで降り、ロビーをゆっくり歩いて、外に出た。

「そのまま、家に帰ったら、もう二度とオリンピックに行かなくていい。連絡を絶ち切れ。ネットであなたたちの画像がアップされても、コラージュされたといい張ればいい。肖像権の侵害で訴えるんだ。そうすれば、警察が総力を挙げて、サーバーを割り出す。たとえ海外でも潰してくれる」

「そこまで断言できるんですか？」

雅代はまだ不安そうだった。

「あなたたちの画像が偽物だという、根拠をつくってやる。そして、あえて、もっと大きな騒ぎにして、あなたたちが被害者のひとりにすぎないという構図を作り上げることにする。そうすれば、世間もどんな画像が流れても、それはあなたたち本人だとは思わなくなる」

「それって、アイコラと同じ手法ですね」

永沢里美は、ピンときたようだ。瞳を輝かせている。芸能人は、そもそもコラージュの対象にされやすい職業だ。実際多くの女性タレントが餌食になっている。

「そういうことだ。卑怯者がするコラージュを逆手に取る。実物の画像でも、いわれのない加工をされた画像だといい張れば、それが真実になるのも世の中だ。ただ、これに真実味を持たせるには、もう少し大げさな仕掛けをした方がいい」

松重はおおよその作戦を伝えた。雅代の瞳にも輝きが戻っている。

「まぁ、ふたりとも家に帰って、パソコンとにらめっこでもしているんだな。今夜中に騒ぎを起こす。楽しみにしてくれ」

ふたりの女はそれぞれタクシーに乗って、新宿から出て行った。

松重と小栗は歌舞伎町に戻るべく歩き出した。正面からけたたましいサイレンの音を聞いた。青梅街道、甲州街道の二方向から、ホテルを挟み撃ちするように、何台もの消防車がやってくる。

「そろそろはじまったか。スプリンクラーが作動したんだろう。これだけ早く、見つけたんだ。消火器振り回しただけで、食い止めただろうに」

「ホテルは安全確保と原因追求のために、必ず通報しますからね。松重さんの思う壺ですね」

あの部屋は消防と警察の手で天井と壁を剝されて、徹底的に調べられるだろう。仕掛けたカメラが発見されるどころか、本庁の刑事部が本格的に動けば、その電波の中継地点までたどり着くことだろう。

ざまあみろ。

どんな巨大な組織でも、この国の国家機関の機能に比べたら、ちゃちなものだ。

松重はピンサロでの屈辱に、ようやく一矢報いた気分になった。

反撃はこれだけじゃない。

もっと、でかい騒ぎを起こしてやる。

「もどったら、さっそくコラージュ作戦ですね」

小栗が夕陽を眺めながらいった。そうだ、それで大騒ぎになる。

「たのんだぞ。それに俺たちの偽経歴も根絶しておいてくれ。どうせ捜査員だとばれたにしても、奴らがたどりつくのが遅い方がいい」

気が付くと、大ガードを越えていた。もう歌舞伎町は目の前だった。

携帯が鳴った。メールだった。

ピンサロ「ニッポンの友」に送り込んでいた由梨絵からだった。

「大騒ぎになっています。社長室に、大勢の作業員がやってきて、壁や床に這わせていた配線を外していますよ。私には何のことかわかりませんけど、新藤社長が、やばいから早くラインもルーターもはずせと怒鳴っています」

糸が繋がった。盗撮の基地はあのビルで、「ニッポンの友」も「オリンピック」も同一経営だ。

松重は由梨絵に返送した。

「すぐに、辞めてバブルバブルに戻りなさい。その店はたぶん、今日限りだ。お礼は、バブルの店主にたっぷり弾んでおく」

リターンがすぐに来た。

「来週、バブルで私を指名してね」

松重は明日にでも行ってみようと思った。バイアグラはまだ一錠、残っている。

第五章　淫　謀

1

真木洋子は本庁刑事部の部長から叱責を受けた。減俸の可能性までほのめかされた。これで官僚としての未来はシャット・アウトだ。

松重と小栗が、よりによって、とんでもないことをしでかしてくれた。現職総理や閣僚の顔や姿を模したエロコラージュをネットにばら撒いてしまったのだ。

日本中、いや世界中のエロ動画に、現職の総理大臣が腰を振っている姿や、女性文部科学大臣が、股を拡げてオナニーをしている姿をアップしてしまったのだから、政府も警視庁も大騒ぎとなった。

もちろん、コラージュで全部偽物である。あきらかに、それとわかる粗雑な施しにしてくれたのが、まだ救いだった。

政治家だけではない。官僚や大手企業の経営陣やその家族の女性まで扱ったのだから滅茶苦茶だ。

マスコミが騒ぎだし、大スキャンダル事件に発生した。本庁の幹部の顔まで使ったのだから、洋子としてもいくら謝罪しても、許してもらえそうになかった。もはや、永遠に本庁に呼び戻されることはないだろう。

しかし警視庁としても、このことは穏便にするしかなかった。

ばら撒いたのが警察だと、誰がいえるか。所轄の一捜査官が「盗撮による恐喝写真を埋没させるために、やってしまいました」で済まされるわけがない。

事実を知っている刑事部も、ポーズで捜査をしている。深追いは禁物と上層部から指示が出ているのだ。

もはや回収などしようがない。

官房長官が「悪質な悪戯である」と談話を発表し、世の中に流れるほとんどの有名人エロ動画が偽物であるという印象を与えるのに一役買ってくれた。

松重たちの思う壺《つぼ》となっている。

流れた画像が粗悪なので、世論もブラック・ジョークととらえはじめ、収まりを見せていた。

癪《しゃく》に障るが、松重の勝利だった。

誰もが、偽物であるといい張れる状況を作ったことによって、たしかに今後、この手の恐喝は、効果が薄れることになる。

現在、議会ではリベンジポルノと同様に、アイコラをはじめとするコラージュ動画の取締法の検討にまで入っていた。

「それにしても、所轄の考える作戦は浅はかよ。副作用が大きすぎるわ」

洋子はたったひとりオフィスに残っている地域課出身の相川将太に愚痴った。ピンサロ捜査の時に、股を擦《こす》り合わせた仲だった。擦り合わせただけだ。挿入はしていない。この男が勃起してくれなかったのだ。幸いだった。

でも、なぜ勃起しなかった？　矛盾するが、腹が立った。

「しかし、性活安全課の立場でいえば、この揺さぶりは大きかったと思います。事実、開店したばかりの『オリンピック』も、あのいまわしい『ニッポンの友』も、あっさり撤退しました」

相川は呑気そうに顔をあげ、開いていたスポーツ新聞を閉じた。風俗面を読んでいたようだ。

燃えたホテルの一室には、さまざまな通信機器が隠されていた。盗撮というよりAVでも制作できそうな機材が、壁、床、天井に仕込まれていたのだ。

発信されたFM波は、歌舞伎町の「ニッポンの友」の社長室で受信され、そこでファイルとされていた。

踏み込んだ時にはもぬけの殻だった。ということは、自分や上原亜矢のオナニー画像もおそらく収録されていたことだろう。

それが世に出ても、コラージュされたといえば済むことは、松重のおかげといえよう。心の中は自己矛盾を起こすが、感謝しないでもない。

機材はホテル側がまったく気付かぬうちに、仕込まれていた。この部屋は一年以上にわたり、同一人物の名義で借りられていたのだが、その人物は架空であった。支払いは偽造クレジットカード。偽造だったが、毎月きちんと落ちていた。

手がかりといえば、この男の顔が何度もホテルで目撃されていることだった。ロビーの防犯カメラに残る男の顔は、まだ若く、常に一流のスーツを纏《まと》っていた。ベルボーイやコンシェルジュの証言からも「育ちの良い、ぼんぼん」という印象しかないということだった。

この男も所詮は操り人形なのだろうが、組織は相当の財力を持っていることになる。

もっとも、ここから先は刑事課の管轄だ。エロ担の出る幕は終わったのだ。

むなしいといえばそれまでだが、エロ担のかける揺さぶりが、いかに大きな事案を引っ張り出せるかがわかった。松重がいいたかったことがいまは理解できる。

「これからも、私たちは、末端店をどんどん叩くわ。そこから巨悪が見つけ出せそうな気がするの」

どうせ、本庁に戻ることが閉ざされたようなものだ。洋子は本気でこの仕事をやり遂げようと思った。

ある国会議員からも、励ましの連絡を受けていた。ぜひ会いたいという。

「相川さん。糸は切れたけど、こっちを応援してくれている政治家もいるわ。潮村《しおむら》早苗《さなえ》が私たちに会いたいってさ。歌舞伎町撲滅作戦の進捗を聞きたいんだって。場合によっては、上層部にさらなる働きかけをしてくれるといって来たわ」

「民自党の、潮村女史が、ですか？」

「そうよ。そもそも、都議会に私の作文を見せて、焚きつけたのは、あの先生よ。

最初は恨みもしたけど、いまの私にとっては、唯一の援軍だわ」

潮村早苗は四十二歳にして、当選三回。すでに副大臣を二度経験している民自党のホープだ。洋子と同じT大卒。法学部の先輩にあたる。

潮村早苗は厚労省の課長補佐から三十歳で議員に転出していた。

名門家のお嬢様でもなければ、タレント出身でもない。刻苦勉励《こっくべんれい》し、今日の座を手に入れた女だ。体格の良いたくましい美女だ。

現首相の積極的な女性閣僚登用の演出のために、次期内閣改造では大臣に抜擢《ばってき》されると目されている。若いが保守本流を歩いているのも彼女の特徴だ。

「都議会レベルと違って、大きな応援になりそうですね」

「明日、議員会館に行くわよ。相川さん、一緒に来て」

「松重さんじゃなくて、いいんですか？」

「あの人には、こりごりだわ。議員に会わせたら、また何をしでかすかわからないもの。相川さんの方が、出過ぎた真似もしないし、いいわ」

相川将太は、はにかんだように笑った。人間、他人より優越していることをほのめかされると、嬉しがるものだ。本来は外事課出身の岡崎雄三を伴いたいところだったが、岡崎はこのところ、本庁に呼び出されることが多かった。今週も出っ放しだ。ひょっとしたら、自分の代わりに性安課の指揮を執るようにいわれているのかもしれない。

2

永田町の第一議員会館を訪ねた。潮村早苗の部屋は五階にあった。エレベーターで上がり、廊下を進む。

通路の左右に洋子でも知っている多くの国会議員の名札が掛けられていた。霞が関の官庁の騒然さとは違って意外に物静かだった。議員会館は、それぞれの議員が個別に仕事をする場所だからだろう。

「病棟みたいですね」

相川がいった。議員会館が、どこかに似ているといえば、たしかに病棟だった。あちこちの部屋から、メロンの匂いが漂ってくるのも似ている。

潮村の部屋にたどり着いた。

議員の部屋は二間に分かれている。手前が事務室。奥が議員の個室であり応接室だ。

「新宿七分署の真木と申します」

洋子は事務室の前で深々と頭を下げた。

机が六個ほど並べられた事務室では、四人ほどの秘書たちがパソコンに向かっている。一番年長に見える男が立ち上がり、笑顔で迎えてくれた。

「いらっしゃいませ。潮村がお待ちかねです」

白髪の落ち着いた感じの男だった。名刺を交換すると第一秘書とあった。まずは、洋子だけで、議員と会ってくれという。

相川には事務室で、ぜひ見てもらいたい資料があるということだった。不可解であったが、とりあえず洋子は、ひとりで潮村の部屋に入った。キャリアにしか用はない、ということかもしれなかった。

「あーら、いらっしゃい。性風俗業撲滅担当のジャンヌ・ダルクね。会いたかったわ」

潮村早苗はテレビで見る以上に、大柄であった。机から立ち上がり、政治家特有の高いトーンの声を張り上げながら、応接セットの方に向かってくる。

トレードマークの真っ赤なツーピースを着ていた。

挨拶を済ませ、洋子がソファに腰を下ろすと、ねっとりとした眼で見つめられた。

テレビで見るよりも、熟女のイメージだ。四十二歳という年齢は、政治家としては若手の部類に入るが、女としては熟れ盛りの年齢だ。潮村早苗は独身でもある。さぞかし、老政治家や後援会幹部からすれば、魅力的な女に映ることだろう。

官僚たちが、この女性議員の法案を何とかしようというのも、よくわかる。グラマラスで魅力的な女だ。

その潮村早苗が、悩ましい眼差しで、こちらを見つめている。洋子はドギマギさせられた。こちらの容姿を値踏みされている気分だ。

洋子はとりあえず最近の政治問題をいくつか取り上げた。自分も恩恵を被りつつある女性幹部職の登用が進みだしたことを、政治の力だと持ち上げてみた。

「そうよそうよ。あれは私が総理に、提言しつづけてきたことだわ」

潮村は得意そうに腕組みをした。

「潮村先生には、性風俗業撲滅運動にも、強力な後押しをしていただき、感謝しています」

「まったく、吉原だの、歌舞伎町というのは、先進国日本の恥だわ。私はね、とくに歌舞伎町がいけないと思っているの。あそこで女を食い物にしている連中はくずだわ」

「その通りです。これを叩き壊していくには、先生のような女性議員のお力がなくてはなりません。役所もそうですが、男性は建前上、性風俗業に異論を唱えても、決して積極的には動こうとしません。中には必要悪として、是認するような人間までいます」

洋子は捜査の難しさを棚にあげて、性差による感覚の違いを持ち出した。背後組織のややこしさなど、政治家に説明しても無意味である。

「素晴らしい意見だわ。まだまだ日本は男性社会なのよ。私たちで、メスを入れていかなければならないわ」

洋子としてはそこまで天下国家を考えて仕事をしているわけではないが、とりあえず頷いた。ここは頷くところだ。

潮村早苗が立ち上がり、ソファに座っている洋子の背後にまわり込んできた。熟女の濃い匂いが近づいてくる。

すっと手が伸びて来て、胸のふくらみを摑《つか》まれた。女の手で握られるとは驚きだ。潮村早苗の唐突な行為に困惑させられた。

「大志を抱いている女性は、バストも大きいのね」

黒のジャケットの上から乳房をじわじわと揉まれた。

洋子は、なにかの間違いなのではないかと、潮村早苗の顔を見上げた。どんな態度を取ったらよいのかわからない。抗《あらが》うべき行為だが、立場による遠慮もある。官僚は政治家の機嫌を損ねてはならない。永年、そう教えられている。

「……潮村先生」

声が裏返りそうだった。潮村は不敵な笑いを浮かべながら、もうひとつの乳房にも手を伸ばしてきた。双乳を同時に揉まれた。

「あのね、真木さん。政治って難しいわ」

潮村早苗がいきなり声のトーンを落とした。

洋子の乳房を揉んだままだ。揉む手のひらの圧力が一段と増した。硬いブラカップがひしゃげるほどだった。

洋子はもう一度、振り向いて潮村早苗の顔を見た。熱を帯びた欲望の視線で見つめ返された。歪む乳房と、小刻みに震える両脚を、観賞しているような眼だった。

「歌舞伎町のことだけどね。あなたもう充分、ポイント上げたんじゃない？」

政治家は言外に意思表示をする生き物だという。捜査の手を緩めろということか？　洋子は胸を揉まれたまま、口を閉ざした。真意を見極めなければならない。

「マスコミ向けのことは、ある程度適当でいいんじゃないかしら。さっきあなたがいったように、男性の政治家も役人も、建前上では健全化を声高に叫んでいるけれど、本気で取り締まる気なんてないのよ」

バストを揉まれながら洋子は軽く顎を引いた。組織としてはほとんどやる気がない。

「でも、実は私も同感なのよ。いまこの時期に裏社会のごたごたを、これ以上ややこしくしなくても、いいと思うのよ」

驚かされた。

女性の立場から、風俗取り締まりは徹底するようにと発言しつづけていた潮村早苗も、実は老獪《ろうかい》な政治家なのだ。

どこからか牽制球が入ったのだ。

「先生のご提案に、私は従うつもりですけれど」

咄嗟《とっさ》に洋子はそう答えた。官僚としての答弁はそれ以外にない。ここは健気《けなげ》に蒼《あお》きロマンを語る場面ではないのだ。

「理解力のある課長さんでよかったわ。さすが警視庁のエリートだわ。たかが売春よ。あなたが手を染める問題じゃないわ」

潮村の指が、洋子のジャケットの下の白ブラウスのボタンにかかっている。一番上を外された。

「そろそろ、本庁に戻って、もっと重要な役に付くべきだわ。私から平山《ひらやま》先生に助言してあげましょうか？」

平山とは警察庁ＯＢの大物議員、平山勝彦《かつひこ》のことだろう。いまだに警視庁への影響力は大きいことで知られている。

「お願いしてもよろしいでしょうか？」

これも定められた答弁である。平山の名前を出されて「結構です」などといえるわけがない。

「引き受けたわ」

潮村早苗はいうなり、洋子のブラウスのボタンをどんどん外しはじめた。洋子の胸元がバッサリ開く。

「あの……」

さすがに両手でブラウスを閉じた。

「あら、そのまま、そのまま」

潮村早苗は足早に動き、まず開いたままになっていた扉をきちんと閉めて、ロックした。

閉め際に事務室に声をかけて「しばらく密談するので」といった。何をする気だ。

後方の扉から戻ってきた潮村早苗が、洋子の前に座った。応接テーブルに尻を載せている。その体勢で、洋子の手を払いのけてきた。ブラジャーが露わになった。地味なベージュ色のブラだった。

「お役人だからといって、こんな色気のない色なんてダメだわ。こんど私が真っ赤なブラをプレゼントしてあげる。栄転祝いに署に送ってあげるわ」

「は、はいっ。ありがとうございます」

明らかにセクハラでありパワハラでもあるのだが、体格も威勢もいい潮村早苗に詰め寄られると、拒絶しようもなくなる。

ブラカップを引き下ろされた。生乳房が曝《さら》される。どうしてこんなことになったのか考える暇も与えられなかった。

「歌舞伎町の裏組織同士は、いま相当にややこしいことになっているわ。売春のシマの奪い合いのようね。潰《つぶ》し合いをさせたほうがいいのよ。なにも税金をかけて捜査なんてしなくていいのよ。勝手に潰し合いをすれば」

「それでは、もっと大きな抗争に発展してしまうかもしれませんが。オリンピック前に、とりあえず見栄えだけも、整わせたほうが、あぁっ」

乳首を捻《ねじ》られた。強烈な痛みが走る。潮村早苗が低い声で脅してきた。

「資本主義はね、どの社会でも自由競争をさせるのが、大原則だわ。勝ったところと国家が勝負すればいいの。それまで、放っておきなさい。いいわねっ」

「はっ」

今度はスカートを捲《まく》られた。タイトスカートの裾を潮村早苗に強引に腰骨まで捲り上げられた。

「先生っ」

むっちりとした生太腿が露わにされ、ベージュ色のパンティが丸見えになった。膝頭をぴったり寄せていたので、パンティは三角州のようにしか見えていない。

「たかが売春じゃない。麻薬は人間と国を滅ぼすけど、女の穴ぐらいで、日本はびくともしないわ」

パンティの上から股間を強く擦られた。人差し指を縦にして、張り合わさった股の間にグイグイ挿《さ》しこんでくる。女にこんなことをされたことはなかった。

「はいっ。承知しております。ですから、先生、その手を」

「いいえ、あなたの身体に、しっかり覚えていただかなければならないわ」

潮村早苗にいきなり膝頭を開かされた。凄まじい膂力《りょりょく》だった。これでは電車で威《い》嚇《かく》してきた新闘会と同じではないか。新闘会？

パンティを引き下ろされながら、洋子の頭に閃《ひらめ》きがあった。

ひょっとしたらこの議員は、新闘会から脅かされているのではないか？

松重たちの無謀な作戦によって、新興組織はいったん引き揚げたはずだ。盗撮による恐喝が功を奏さなくなったからだ。にも拘わらず、国会議員の立場にある者が売春摘発を止めろといってくるのには、新闘会の圧力があるとしか思えなかった。

陰毛をじっと見つめられた。いつもより縮み上がっていた。

「真木さん、歌舞伎町とは手を打ってくれるわね。そうしてくれないと、私も困るの」

陰毛を軽く撫でられ、肉裂に指を挿し込まれた。大陰唇を開いて、花芯の中央を擽《くすぐ》ってくる。

「あぁ」

声を出してはならないと、自分で口を押さえた。その手を跳ね除けられた。潮村の顔が近づいてくる。清新で潑剌《はつらつ》としたイメージはどこにもない。淫乱な顔の女だった。いきなり接吻された。真っ赤な口紅を塗りたくった唇が、重なってくる。

「あふっ」

洋子は両手を前に突き出して潮村を押し返そうとした。伸ばした手のひらが、潮村の豊満なバストに当たる。硬いブラジャーの感触がした。

「あなたにも触らせてあげるわ」

3

潮村早苗は白昼堂々と議員会館の自室でジャケットを脱ぎ、ブラウスのボタンをすべて外してしまった。ブラジャーも真っ赤だった。

さらに潮村が、そのブラジャーを下方にずらした。

「先生……」

洋子の目の前に、四十路《よそじ》の熟れた乳房が現れた。体格の良さに比例した豊満なバストだった。乳首は桜色に染まっている。

「触って。私、強く揉まれるのが好きなのよ」

女の乳房など揉んだことがなかった。男の乳粒にも触れたことすらない。

「あの、先生」

「触りなさいっ」

潮村早苗は、眉間に皺を寄せ、荒い息を吐きながら、こちらを睨みつけてきた。触欲情した女の顔だった。洋子は身構えたが、両手を無理やり乳房へと導かれた。触れた。弾力があった。熱を帯びていた。

「揉んで、強く揉むのよっ」

バストの上で、両手をきつく押された。洋子は、潮村早苗の双方の乳山に指を食い込ませて揉んだ。そうするしかなかった。抵抗しようにも、身が膠着《こうちゃく》し、いわれるままに、するしかなかった。

「ストレスが溜まるのよ。政治はね、妥協の産物よ。望んだとおりにならなくても、どこかで折り合いをつけるしかないの。あなたは頭がいいからわかるわね。ぁあぁ、上手よ。もっともっときつくしてっ」

手のひらの中心に硬い蕾《つぼみ》のような乳首が当たる。自分の乳首よりもはるかに巨粒だった。

「私がしたみたいに、乳首を摘まんで」

さらなる命令だった。人差し指と親指で摘まんでやると、潮村早苗は狂乱した。

口角を吊り上げ、額を天井に向けて、必死に喜悦の声を押さえている。さすがに、扉の外の秘書たちには聞かれたくないようだ。

洋子は、ひたすら潮村の乳首を摘まみつづけた。脂が付着しだしたせいか、乳首はねとねとしている。

「んんんっ。はっ」

肩を揺らし、突然瞳を大きく開いた潮村早苗が、大きな尻を二度、三度振った。額に玉のような汗を浮かばせている。いきなり手を払いのけられた。極点を見たようだった。

数秒ほど沈黙があった。

洋子は、自分がまだ乳房と陰毛を曝しているということに、ようやく気づいた。潮村の目を盗んで、パンティを引き上げようとした。

「待ちなさいっ」

すぐに潮村早苗の手が飛んできた。股間の割れ目に指が一本入ってくる。

肉襞を掻き分けられ、小陰唇の中央を弄《い》じられた。卑猥な手つきだった。自分でするオナニーとはまったく違う次元の快感を与えられてしまった。鉤型《かぎがた》に曲げた指で、何度も擦られる。卑猥な動き、肉陸《にくりく》がしとどに濡れ、クリトリスが顔をだしてしまった。

「いいこと……歌舞伎町のことは、裏の人たちに任せて」

「あっ、先生……そこはっ」

淫核を強く押された。腰が砕けそうなほどの刺激だった。淫穴からドロリと蜜液を吐きだす。

「男の金玉を潰すのと同じよ。約束を破ったら、ここを潰すわ。覚えておいて」

「はいっ」

洋子は虚《うつ》ろに頷いた。いまの一撃で、極点を迎えていた。いくっとは叫べなかった。官僚は心にあることをいわない性分だ。

「いいわ。捜査には関係なく、性活安全課の予算を増やすように、提案してあげる。人員を増やすなり、機材を購入するのに使えばいいわ。あなたの専用車も必要でしょう。本来なら、どこかの署長になっている年次だわ」

一気にいって、潮村早苗は洋子の肉玉からようやく指を離してくれた。この話の間にも、何度もイカされた。洋子は涎《よだれ》を垂らしていた。手の甲で拭う。

正直、押されたのがクリトリスで良かったと思う。

もしも膣孔だったら思うと、卒倒しそうになる。自分はまだ、ここに指すら入れたことがないのだ。

処女である。自慰はするが、秘孔は未開である。人にいうべきことではない。黙っていた。性活安全課に来てからというもの、ふたりの女子の部下に処女だ、処女じゃないといい張られて、返答に困ったものだ。

別に恋愛を避けてきたわけでも、処女を誇りにしているわけでもない。漠然と時が過ぎ、その機会のないままに、この歳になってしまっただけだ。どうせならあのピンクサロンで、開通してしまっても良いと考えていたのだが、松重や相川が相手では、さすがに無理だった。

ましてや、こんなところで、指で踏破されでもしたら、たまらなかった。女の指で破られるのは、不本意だ。

「潮村先生、素敵でしたわ」

洋子は平静を装った。男社会の中で頭角を現す女に、レズは多いのかもしれない。洋子は、あたかも自分もOKだというサインを残すことにした。本音は、二度とこの女とは顔を合わせたくない。

「予算の方も、よろしくお願いします。専用車が持てましたら、また来ます。その時は、車の中で」

ウインクしてみせた。

「私は両刀だから……次はあの男も呼んで……」

相川にも念を押そうというのか。それとも男にもちょっかいをだしたいのか。そういうことであれば、老獪《ろうかい》な松重豊幸を同伴させるべきであった。

潮村早苗は着衣の乱れを直し、扉へと進んだ。鍵を戻す。扉を開けて、秘書に声をかけている。

「真木課長との話は済んだわ。そちらの方とも直接話したいの……」

洋子は追い立てられるように、事務室へと追われた。入れ替わり、相川が応接室に入った。すれ違うとき、相川は洋子の顔を見たが、洋子はあえて視線を合わせなかった。

事務室に戻ると、秘書たちが全員、書類を抱えて外出しようとしていた。

「真木課長、申し訳ありません。私たちは、これから院内のさまざまな秘書会議に出なければなりません。三十分ほどで、戻ります。警察の方になんですが、潮村の話が終わるまで、ちょっとお留守番を。安全課の方となれば、それはもう安心して出かけられます」

「はぁ？」

警察を警備員代わりに使うとは、いい根性をしている。

「いや、十五分で戻ります。議員を一人にしておくのも、何ですので、なにとぞ、よろしく」

第一秘書は拝み手をしながら出て行ってしまった。

どのみち相川を置いて帰るわけにもいかなかったので、洋子は苦笑いをしながら、第一秘書の席に座った。

第一秘書席といっても他の席と格段差があるわけではない。スチール製の机が四つ向かい合わせに組まれた、一席に過ぎない。単に応接に一番近いというだけの席だ。

見てくださいといわんばかりの書類が置かれていた。どこからか送りつけられてきたものだとわかるように、横に茶封筒が置かれている。

洋子は茶封筒の裏を見た。差出人の名前があった。新宿歌舞伎町保安委員会。代表川野敏雄《かわのとしお》。そんな団体聞いたこともない。少なくとも、公的団体ではない。おそらく、架空の団体であろう。

書類に目を通す。それは遠回しな脅迫状だった。

潮村早苗がT大在学時代、ソープランドで働いていたという調査報告書だった。すでに存在しない店だが、当時の写真が添えられている。俯《うつむ》いた顔で店を出る潮村早苗が写っていた。周囲を歩く男女の服装や、写真の隅に見える車のボンネットの形から、平成の初めの頃だと推測できる。

洋子はこうした分析には慣れていた。つい三か月前までは、過去の資料とばかり向かい合ってきたからだ。

写真はおそらく実物だろう。だが松重と小栗の仕事によって、コラージュだといくらでもいい切れるだろう。

問題は資料だった。克明に当時の状況報告書と証拠品が記されていた。証拠品のほとんどがコピー用紙だった。

これはかなりヤバい。かつての分析官として、一級の資料だということを認めた。

まず、ソープランドへ提出した簡単な履歴書のコピーがある。いまの世の中ならPCで打つのだろうが、当時は手書きがまだ主流の時代だ。これは九十九パーセント本人の筆跡だろう。T大在学とは書いていないが、国立大学在学と書いてある。他にも、給料の受け取りにサインをしている。潮村早苗と右肩上がりの文字で書かれた伝票のコピーが十五枚ほどあった。月ごとに報酬が渡されていたようで、事実だとすれば潮村早苗はT大在学中、一年以上もソープランドで働いていたことになる。

報酬額は毎月二百万を超えていた。大学生のバイトにしては大きな額だ。のちの選挙費用として貯蓄したのであれば、凄い根性だ。

その他にもさまざまな潮村の筆跡があった。最大の証拠は大学ノートだった。

おそらく、辞める時にロッカーにでも置き忘れたのだろう。

国際法の講義メモと同時に、その日の客の感想などが、ごっちゃになって書かれていた。

〈日本海海戦における戦時国際法の適用例〉

と
〈しつこく、クリトリスを舐められた〉

が同じページにある。アウトだ。洋子が検証する限り同一筆跡である。

写真と違い、筆跡はごまかしようのない証拠となる。鑑定が容易だからだ。専門家五人ぐらいで、ありとあらゆる角度から検証すれば、書いた時間や、その時の筆者の心理状態までが推測されるというほどだ。

ほとんどが状況証拠ではあるが、推定クロだ。ソープに在籍していたからといって売春したとはいえないが、マスコミに知れたならば、大スキャンダルになる。写真をコラージュされたでは、これは済まされない。

いったいどこが潮村早苗に圧力をかけている？

洋子は、応接室にいる潮村と相川が気になった。鍵がかけられているだろうが、扉の前まで行ってみた。扉は薄く開いていた。見ろということだ。

4

相川将太は潮村早苗の部屋に入るなりサインをせがんだ。ごまをする手段として持参してきた潮村早苗の著書が、思わぬ形で生きた。

「あら、あなた、こんな昔に書いた本を本当に読んでくれたの？」

タイトルは『女の底力』。彼女が初当選と同時に上梓《じょうし》したもので、当時ＯＬを中心に爆発的に売れた本だった。もっとも内容はただの自慢話だ。

表紙の見返しを差し出すと、サインペンで鮮やかに書いてくれた。崩し文字だった。これでは役に立たない。

「先生、ずうずうしいのは承知ですが、私の名前を入れていただけませんか」

「もちろんよ」

潮村は相川の名刺を眺めながら、書き込んでくれた。これでＯＫだ。秘書が内緒で見せてくれた脅迫状の筆跡確認ができる。憧れの真木課長に褒めてもらいたかった。

　真木が先に入っている間に、相川は第一秘書から脅迫書類の相談を受けていた。たまたまやってきた警察関係者に切羽詰まって、持ちかけたということだった。交番勤務しかない相川にとって、議員会館で重要事案の相談を受けるというのは、感動的なことだった。

　凶行事件があった場合、初動捜査で地域課はよく地元の聞き込みに走らされる。そんなとき、写真や筆跡などを集めさせられるのが常だった。

　その経験が生きていた。しめしめと思った。

『このことは先生に話してはいません。しかし先生は電話やメールでも脅されているようです。近頃、様子がおかしい』

　第一秘書は、自分が潮村の秘密を知ってしまったことについて懊悩《おうのう》しているようだった。

「相川さん。あなたはもともと地域課だったそうですね」

　潮村早苗にいきなり名前と経歴を確認され驚いた。

　事前に課長の同伴者として自分が来るとは伝えていなかったはずなのに、潮村は知っている。すでに性活安全課全員の下調べをしているということだ。

国会議員ともなれば、面会する相手の素性も洗っているのだろう。相川は、緊張した。

「はい。そうです」

「歌舞伎町の隅々にまで、詳しいということね？」

「そうですが、どこそこのラーメン屋が潰れて、あらたに、またキャバクラが出来たとか、そんな程度です。地域課の役割は、新聞配達員のようなものです」

相川は正直に答えた。

「真木課長や、外事課出身の岡崎君のように本庁で働いてみたくはないの？」

潮村が机の横に立ちながらいっている。大型デスクの角に、股間を押し付けていた。真っ赤なスカートの中心部が三角形に窪んでいた。

とんでもなくエロい光景だ。おのずと視線は釘付けになった。

「いいえ。自分は本庁なんかで働くよりも、所轄の方が性に合っています。やっと捜査員になったところです。これで満足しています」

潮村早苗の表情が硬くなった。期待していた答えではなかったようだ。相川は焦った。

潮村は、不機嫌そうに机の角に股を擦りつけている。ぐちゅ、ぐちゅと粘膜が擦れる音がする。美貌が歪んだ。

「まぁいいわ。真木課長にも、お願いしたのだけれど、歌舞伎町浄化作戦だけど、裏組織そのものには、食い込まなくていいと思うの。そこは組織犯罪対策課の役割でしょう。性安《せいあん》は、あくまで、売春婦を一掃すればよいんじゃないかしら。いわば組織に対する威嚇捜査ね、検挙率さえ上がれば、知事も都議会も、大喜びよ」

それでは根本対策にならない、といいかけて、相川は口をつぐんだ。さらに機嫌を損ねるだけだと思った。

本音をいえば、日頃松重がいうように、組織の元締めを倒さない限り、エロ担の捜査は無意味だと思っている。

しかし、それでは潮村早苗の意に反しているらしい。

「はい、警察には、餅は餅屋としての、役割分担がありますから、よけいなことはする気がありません。われわれは、本番行為をどんどん取り締まり、あとは組織犯罪対策担当に任せます」

自分でも上手い答えだと思った。

潮村が、わが意を得たりとばかりに、腰をぐいと机の角に押し付けた。発情した犬のように、角に腰を何度も擦りつけている。くちゅり、ぐちゅ。女の粘膜が圧迫される音がした。

相川と潮村の距離は一メートルもなかった。相川は立たされたままだった。潮村の目が細められ、頬が紅く染まっていく様子がはっきりわかった。

まずいことに、相川は勃起してしまった。

手で押さえる。新宿駅東口の「洋服の赤山」で買ったスーツの股間を押さえる姿は不格好だった。

潮村が机の角から股を外して、こちらに歩み寄ってきた。

スカートの真ん中が皺くちゃになっていて、とても卑猥に見えた。相川の心臓も一気に高鳴った。

相当ヤバいことになってきた。股間が張り裂けそうだ。

「たしかに、あなたエロ担に向いているかもね」

目の前にやって来た美貌の国会議員に、思い切り股間を握られた。

臍《へそ》に向かって直立している棹《さお》を自分の手で押さえていたのだが、美熟女の手はその手の下のまた底から入ってきた。

金玉を握られる。ぐいっとやられた。

淫気に当てられていたせいで、睾丸にはすでにたっぷりとエキスが溜まっていた。そこを握られたのだから、たまらない。臍の位置にある亀頭の先から、一気に精汁を噴き上げそうになった。

相川は顔を顰《しか》めた。

「あら、出そうなの？　じゃあ私が、じきじきに出してあげるわ」

潮村早苗に両手を払いのけられ、ファスナーを引き下ろされた。あっという間の出来事だった。

「いや、先生、それはまずいです」

「なにが、まずいのよ。これ合意でしょう？」

いきなり、蟹股でしゃがんだ潮村早苗に、上目使いで、見つめられた。

「合意よね。男と女の間で合意して行えば、単なる肉体関係でしょう？」

念を押された。その通りだ。元官僚の潮村は抜かりない。

ここは個室だ。金銭の授受もない。合意の上で、男と女が何をしようが、自由だ。かなり変態的な行為だが、合意に基づけば、誰に咎められることでもない。しかし、ここでいいのか？　議員会館。相手は天下の国会議員だ。

トランクスから屹立したままの肉根が飛び出した。

先端はピンク色に輝いていた。少し濡れている。

色といい、先走った汁といい、女を知らない男であることが丸わかりである。

自分は童貞である。

「淫水焼け、していないわねぇ」

潮村早苗が首を傾げながらいっていた。バレたかもしれない。

自分は三十歳にして、まだ女を知らない。

小学生の頃から悪がきだった。スカート捲りはよくやっていたが、それで嫌われていた。なんとも思っていなかった。

中学からは体育大学の付属に入った。男子校だった。柔道でオリンピックに行くことを目指して、汗みどろの練習に励んでいた。女子とは無縁の生活だった。大学まで柔道をやっていた。オリンピックどころか、全国大会にも進めるレベルにもなれなかった。その間、ほとんど女子と巡り会うということはなかった。エロ漫画やAVは良く見た。

性処理といえば自家発電のみだ。三十年間、ずっとだ。

現実はエロ漫画のように、女教師や隣の若奥さんに誘われるなんてことはなかった。女の穴になんか入れたことはない。

だから亀頭はピンク色のままなのだ。

風俗はどうかといえば、これも自信がなかった。プロは怖いと思いつづけていた。ピンサロ「ニッポンの友」潜入の際には胸が高鳴った。

課長の真木洋子とやれるかも知れないと思ったからだ。事実二番目には真木課長がついた。

もっとも、どうやっていいのかわからなかった。自分もぎこちなかったが、課長もぎこちなかった。

それはそうだろう。課長だって、部下とやるには、気まずさもある。

結果、課長には「やったふり」を要求された。

それでも陰茎は出した。自分の肉根を見た女は、母親をのぞけば真木洋子だけだ。

そしていま、三人目の女が、自分の陰茎を見つめてる。

「いいわねぇ。この無垢な感じのち×こ」

潮村早苗が男性器を卑猥な俗称で呼んだ。ぞくぞくさせられてしまう。国会中継では絶対に聞けないセリフだ。

「合意よねっ」

もう一度、念を押された。

「はいっ」

元気よく返事してしまった。他に返事のしようがなかった。

「わっ」

相川は歓声をあげて、天井を向いた。潮村早苗にいきなり肉茎を咥《くわ》えられてしまったのだ。

粘膜に粘膜が重なる体験を初めてした。

真っ赤な口紅を塗った唇が、陰茎を挟み込んできて、棹の中央に口紅が乗り移った。棹がビクンと揺れて、睾丸がビシッと固まった。

潮村早苗に唇をスライドされた。口を窄《すぼ》めて、性急に動かしてくる。

「わっわっ、わっ」

舌でねちねちと舐めあげてくることはなかった。カッポリ咥えこんだまま、激しく顔を動かしている。潮村早苗の口からこぼれた涎が辺りに飛び散っていた。

これは自分のオナニーでいえば、ラストスパートの動きだ。

「はぁああ。潮村先生っ」

相川は、潮村の肩を摑んだ。甘美な刺激に両脚が震えて止まらない。

肉茎が蕩《とろ》けてしまいそうだった。

「出てしまいます」

涙目になって叫んだ。潮村早苗はすぐに口を離した。

「ダメよ、ダメダメ。まだ出したりなんかしちゃ」

いきなり立ち上がって、後ろ向きになった。潮村自身がスカートをたくし上げている。

巨尻があらわれ、白い山の割れ目に、真っ赤なTバックの紐が埋め込まれていた。白と赤のコントラストが眩しい。

潮村早苗はそのまま、机に両手を上げ、尻を突き出してくる。

「脱がせて」

「えっ？」

「私、これから厚生委員会に出なきゃいけないの、早くっ」

挿入命令だ。こんな形で、童貞を失うとは思っていなかった。国家に仕えてきた甲斐がある。国民に選ばれた女が、挿れさせてくれるのだ。

相川は、熱に浮かされたように、潮村の腰骨あたりに手を伸ばした。

パンティの股紐に指を絡ませて、引っ張った。なかなか抜けない。

むちむちした尻山にぴったり張り付いたパンティを引き抜くのは容易でなかった。

相川は汗だくになりながら、ようやく膝頭のあたりまで、ずり下ろした。ねちっ、と音がして股布が剝がれる瞬間は感動的だった。

大きな白い円の中心に薄桃色の楕円形があった。真ん中に線が引かれている。

こんな感じで女の秘裂を見たことがなかった。

ピンサロでは、真木洋子の粘所を触ったが、暗くて、はっきり見ることはできなかった。

無修正動画は何度も見ていたが、生で見るのは初めてだった。

バックなので逆さまに見える。生マン、初見が逆さまとは、これも運命だ。

初めて見た女の淫所は、樹木の裂け目に似ていた。ピンクの裂け目から、どろんとした白い樹液が溢れかえっている。

無修正動画で見ていた女性器はいずれも、女が指で小陰唇を開くので、蝶のような形の印象が強かったが、実物は、もっと細長い割れ目だと知った。

逆さまになった陰毛が、両腿の間から見えるのも、リアルだし、とにかく液晶画面とは違って、匂いがした。初めて嗅ぐ牝穴の匂いは、濃厚なチーズのような香りがした。

「早くっ。入れてっ」

机に手を突いたまま、潮村が振り返った遠近の差で、潮村の顔が尻の五分の一ぐらいに見えた。とにかく目の前には巨大な尻が差し出されている。

相川は、あわてて男根を握り直した。

どうする？　どうやって挿入する？

とりあえず、潮村早苗の尻の谷間からはみ出しているピンクの裂け目に、肉頭を突き刺した。

真ん中あたりを突く。

ぬちゃ。

花芯にぶつかった。

ここじゃない。

相川のつたない知識では女の秘孔はかなり下方にあるのだが、逆さまだったので、真上にあった。

渦巻き状に見える尻の蕾のすぐ下に、ぶくぶくと泡を立てる小さな孔《あな》が見えた。

自分の亀頭の中心についている尿道口と変わらないほどの穴だ。

ここにこれほど大きな男頭が入るものなのか？

信じられなかった。

肉の胴部を指で押して、穴の位置に当てた。朝一番の小便のときの要領に似ている。ぐっと下げるやり方だ。

一度窪みに落ちたが、指を離すと、すぐにまた亀頭は上を向いた。

尻穴のあたりをぺしゃんと叩いてしまう。

「もう……」

潮村早苗が、苛立ちの声をあげた。みずから両脚を思い切り拡げた。膝頭の位置で左右に渡っていたパンティが、ビリリと破れた。

「これなら、はっきり見えるでしょう」

股を拡げてくれたので、たしかにピンクの肉裂も、大きく割れた。白い粘液が纏《まと》わりついて、くちゃくちゃになっている。

「さぁ早く。一気に挿入しちゃってっ」

「はいっ」

もう一度、亀頭を下方に向けた。窪みに先端をきっちり合わせた。腰を押してみた。先端が沈んだ。ぬちゃ。亀頭が少しだけ入った。女の小穴が、驚くほどに大きく広がっていた。信じられない光景を見たと思った。

「もっと、押してっ」

「はっ、はいっ、痛くはないですか？」

「痛いわけないでしょっ、あぁあ、気持ちいい」

こじ開けた秘孔の中に亀頭がぬっぽり入った。

「あぁあああ」

潮村早苗の尻山にブツブツと粟粒が浮いてきた。興奮の印だと思う。嵌《は》めたのだ。とうとう女に嵌めたのだ。

膣は凄まじい圧力だった。肉頭がぬちゃりと潰されそうなぐらい、圧迫された。

「だから、早く、もっと奥に」

額に汗を浮かべた潮村早苗がまた振り向いた。目が細められ、唇の脇から涎が垂れている。

相川は盛大に腰を押した。ずぶずぶと肉棹が埋まっていく。

「ひぇっ、あなた、大きすぎるわ。ぁぁあああ」

潮村早苗は激しく頭を振っている。尻をさらに持ち上げてきた。

そうなのか？　自分は大きいほうなのか？　男子社会に生きて、大浴場やサウナで男同士の物を見せ合ったことはあるが、さすがに勃起したところを見せ合った経験はない。

棹は全長が入る前に、膣奥の壁にぶつかっていた。根元が入るまでは、まだ五センチ余りを残している。

さてこれから、どう動かす。

オナニーの時には、手筒の方を動かしていた。握力もその時の気分で加減する。しかし、いまは、陰茎自体を動かさなければならない。

どんな具合に動かせばいい？　自分にとって未体験ゾーンだった。

「時間がないって、いっているでしょう」

潮村の方が尻を揺すってきた。膣路の中で陰茎が擦られた。すごくいい気持ちだ。擦り返せばいいのだ。

それと、時間がないから、さっきのフェラチオのように、一気に動かした方がいいみたいだ。オナニーのラストスパートだ。

相川はやみくもに腰を打った。手筒よりもはるかに軟らかい膣壁の中で鰓《えら》を揺り動かすと、ますます圧力が加わってきた。

棹全体が細められてしまうほどの圧迫だった。それでも摩擦しつづけると、要領を得てきた。やや斜めに挿すと、鰓が捩《よ》じれて、潮村早苗の声が一オクターブ高くなるのがわかった。

縦横無尽に抉《えぐ》ることにした。

潮村早苗は狂乱したように尻を跳ね上げている。女を自分の棹で、昂奮させていると思うと、たまらなくエネルギーがわいてきた。

フィニッシュはやはり縦突きがいいと思った。自分もそろそろ出したくなった。

ズコッ、ズコッ　ズコッ。

無我夢中で穿《うが》った。気づくと棹の根元まで埋めていた。

「あぁああ。むり、むり、そんなに入れたら、底が抜けちゃうっ。あぁっ」

潮村早苗は、机に顔を貼りつかせ、片手を股間に伸ばしてきた。挿入されたまま、右手の人差し指で、クリトリスを触りはじめた。

喜悦の声を上げながらも、こちらからの挿入だけでは不満なのかと、相川は少し気落ちした。逆転させるには、もっともっと激しく抽送するしかないと、ふたたび腰を振った。

がっつん。がっつん。稚拙な攻め方だと思ったが、いまの自分には精一杯の攻撃だった。

「ふぁあああ」

潮村早苗は半身を起こした、背筋を反らせ、胸をかきむしっている。上半身は着衣のままだが、真っ赤なジャケットの上から豊満な乳房を揉みしだいていた。扇情的な姿だった。

相川は、渾身の力を籠《こ》めて、尻を振りつづけた。

腹筋には自信があった。体育会系の逞しさを見せつけてやる。

そう思ったのだが、淫気には勝てなかった。亀頭の先から、ちゅるちゅると精汁がこぼれはじめてしまった。体力に自信はあっても、射精のコントロールはまだ初心者だった。

出るっ。ちょっと待て。懸命に切っ先を閉じようと試みた。そんなことは出来なかった。丹田《たんでん》に力を籠める。これは出来たが、今度は棹を動かすことが出来ない。

「ちょっと、急に止めないでよ。私、イク寸前なんだから」

潮村早苗がみずから尻を揺さぶってくる。肉壺が上下しだす。

「おぉおお」

相川は呻《うめ》いた。ちょろちょろと精汁をこぼしながらも、棹はまだ硬度を保っている。漏らしながら擦られた。

ついに大きな爆発がやって来た。男棹がぶるぶると震えて、睾丸から大きな波が撃ち放たれていた。射撃訓練を思い出した。

バーンッ。砲身から放たれた弾丸が潮村早苗の子宮に飛んでいく。

背中を思い切りのけぞらせた。つづけざまにドクドクドク。

「いやぁ〜ん。私、死んじゃう」

自分の手以外の力で、発射するのはこれが人生最初の経験だ。

童貞を捨てた。とんでもないところで捨てたと、相川は思った。

潮村早苗は、机に顔を押し付けたまましばらく動かなかった。机の前で身体全体も崩れ落ちている。スカートが捲り上がり、尻を出したまま、床に膝立ちしている潮村早苗の姿は、とてつもなく卑猥だった。

蜜壺から男根を抜き出した相川も、まだ肩を震わせていた。

潮村早苗が後ろを向いたまま、パンティを足首から抜いている。ストリングスの片方が切れてしまっているし、股布が濡れているのをもう穿きたくはないだろう。

ノーパンのまま、スカートを下ろした。立ち上がって、こちらを向いた。

「歌舞伎町の売春婦は、いまはどこの国の人が、一番多いのかしら？　日本人以外によ？」

唐突に聞かれた。相川は、あわてて男根をズボンの中にしまった。

「フィリピンを中心にアジア人がやはり一番多いと思いますが」

これは性安というより地域課時代の知識だった。

「これから、南米とロシアが増えるわよ。あなた、ポルトガル語、スペイン語、それにロシア語を話せるようになっておきなさい。絶対に役立つわよ」

それはそうかもしれないが、なぜ急にそんなことをいい出すのだ。

「もっとも、あなたの所には、岡崎さんがいますね。外事課出身の岡崎さん。彼は、どの国の言葉でも理解できるんでしょう。教えてもらいなさいな。機会があったら、私もぜひ岡崎さんにお会いしたいわ」

ひょっとしたら、この潮村早苗は、今日、岡崎に会いたかったのかも知れない。普通に考えれば、議員会館には、課長は自分ではなく、同じキャリア組の岡崎を同伴するはずだった。

たまたま今週は本庁に呼び出されたままになっていただけだ。

何かある……。

扉の方で人の気配がした。

「真木課長。覗きは、立派な犯罪ではないの？」

第六章　東京淫脈

1

岡崎雄三は六本木の会員制バーにいた。本庁の公安部外事課、刑事部、それに厚生労働省の仲間三人と密談していた。

いずれも同じ大学の同じ学部の同級生だ。入省年次も同じで、これまで何度もコラボレーションしながら仕事をしている。

いわば仲良しグループだが、上から指示がなければ、決して談合はしない。今回は指示がおりていた。刑事部の同級生が上に泣きついたのだ。

「テロとエロとポンが一緒くたの事案なんて、まったくいい迷惑だぜ。こっちは、じっくり政財界ルートにまで昇り詰めたいのに、所轄が派手にぶち上げるもんだから、急かされている。マトリから動かすことは出来ないか？」

シングルモルトの入ったグラスを揺らしながらいっている。刑事部の男だ。琥珀色の液体の中の氷をまわしている。学生時代からハードボイルド小説に傾倒し、ニヒルを気取っている奴だった。

「まったくだ。ただしうちはクスリの線からしか追えない立場だ。覚せい剤売買の確証は得たが、うちが挙げる筋合いのものじゃない。密輸ルートの証拠は渡す。ロシアも南米も確かだ。うちは船が入るルーティンまで把握している。外事課が網を張ったらどうだ」

厚生労働省の同級生がいった。麻薬取締官だ。通称マトリ。だからニックネームはマトリックスだ。

「いやいや。うちが動くほどの確証はまだどこにもない。岡崎が半年前に調べ上げた通りで、現段階では普通の売春組織ということだけだ。背後にテロ組織があると決まったわけじゃない。まずはクスリで挙げて、揺さぶったらどうだ？」

共に外事課に配属になった同級生がいい返している。金縁眼鏡をかけて実年齢よりも老けて見える。こいつはロシア大使館付きが長かったからか、ウォッカを飲んでいた。この意見には賛成だ。今回、外事課に役目はない。

クスリでと振られたマトリックスは、いかにも甘そうなカクテルを口に運びながら、また首を振った。

「無理だな。省庁同士で、合意形成《コンセンサス》が取れればやるが、まず無理だ。うちのOB政治家から横やりが入っている」

「厚労相のOBって、潮村早苗か？」

岡崎が聞いた。

「そうだ」

と、マトリックス。

先週、上司の真木も潮村早苗に呼ばれて議員会館を訪ねていた。岡崎はいよいよ糸が潮村早苗に向かい出していると直感した。

しかし、もはや自分たちの出る幕ではない。所轄の性安課の任務は、町の浄化まで、いま本庁の刑事部にいる同級生の抱えているのは、国単位の浄化だった。

国際犯罪集団と、日本の政財界を巻き込んだ汚職事件に発展しそうな事案である。ピンサロを漁っている場合じゃないと思っていたが、あのピンサロは国際犯罪組織の拠点でもあり、汚職の片棒を担ぐ一翼を担っていたとは思いもよらなかった。たまたま外事課には無縁の話だったので、岡崎は、あえて真木にも報告していない。このグループの中でしか情報交換はしない決まりだった。

外事課や刑事部がこの一件で動き出したのは、すでに一年前からになる。奇妙な国際為替が、闇ルートで交わされていると、財務省から警察庁に通告があったのだ。

警察庁はまず、本庁外事課と刑事部の二部門を同時に動かした。額の巨大さから考えて、薬物を含む密貿易か、テロ資金か、見極めが必要だったからだ。

どちらの部門も、勝手に動いた。役所とは、そういうものだ。

外事課の岡崎は送金先の海外を洗った。中東が拠点だった。テロ資金の可能性が出て来た。刑事部には伝えなかった。そういうものだ。

刑事部の同級生は、国内の送金元を割り出した。六本木の不良グループ「キング」だと判明したくせに、すぐには外事課には教えてくれなかった。そんなものだ。

それぞれが、勝手に自分たちの山だと思ってアプローチしていた。

厚生労働省の麻薬取締官である同級生が首を突っ込んできていると知ったのは、だいぶ後のことだった。

彼らも六本木の売人《プッシャー》から、六本木の不良グループ「キング」にたどり着いていたのだ。

おかげで、とんでもなくややこしくなった。

二週間前から、頻繁に会って、情報交換をし出した。提案者は刑事部の同級生だった。

性安に来ていなければ、もう関わり合いを持たずに済んだ事案だ。

岡崎は中東への金の流れを克明に追った結果、密輸の代金だとわかった。

送金者はロシアと南米各国から売春婦と覚せい剤を輸入しているのだとわかった。

ただし、テロ資金の可能性もまだ捨てきれなかった。

そんなとき、新宿七分署に「性活安全課」なるものが出来ると庁内で話題になっていた。岡崎はロシアと南米から「輸入」された女たちが、六本木だけではなく、歌舞伎町にも流れ始めたことを報告していた。

上司は「そこがテロ資金の溜《た》まりかも知れない」といい出した。「溜まり」とは捜査用語で、金の隠し場所を指す。脱税捜査などでもこの用語は頻繁に使われる。

その根拠を探すために、岡崎に新宿七分署出向の内示が出た。

テロとエロとポンが裏で一緒くたになった瞬間だった。

課長の真木洋子ですら、このことは知らされていないのだ。

先日、松重と小栗が派手な打ち上げ花火を上げたために、刑事部の同級生は捜査を急がなければならなくなったという。

「うちが直撃弾を打つのではない。カンフル剤が必要なんだ」

これは簡単な理由だ。本庁の刑事部としては、よほどの確証がない限り、政財界には踏み込めない。

代わりに、マトリか所轄のエロ担に踏み込ませようというのだ。一か八かの賭けの捜査である。

刑事部の同級生が岡崎に泣きついてきた。

「性活安全課が、こんな早い段階で直撃弾を放ったんだから、揺さぶりはそっちでかけてくれないか。うちは、政界と繋がっていると踏んで、慎重なんだ」

「やっぱり潮村早苗が軸で操っているのか？」

「それだけじゃない」

刑事部の同級生は相当深い情報を得ているはずだった。さすがにいいよどんでいる。

「別に、俺はソープランドとヘルスまわりをしていたっていいんだぜ。面倒くさい捜査なんてごめんだ。出向は一年の約束だ。それまで歌舞伎町でのんびり遊んで暮らすつもりだ。帰っていいか」

岡崎はシャンパングラスを置いた。

「わかった。うちが摑んだ情報は出す。そのかわり、所轄の勇み足ってことで、一発揺さぶりをかけてくれないか？」

「内容によるさ」

岡崎は刑事部の同級生に聞いた。

「実をいうと、こいつには民自党の幹事長が絡んでいる。六本木グループを操っているのは、杉浦大二郎《すぎうらだいじろう》だ」

さすがに岡崎も驚いた。杉浦大二郎は、次期総裁候補だ。

「本当だ。二年後の総裁選を目指して、金を搔き集めている。その裏資金作りをしているのが、六本木不良グループのキングだ」

「しかし民自党の大物政治家と六本木の不良グループはどこで繫がっているんだ」

岡崎は問い詰めた。簡単にはつながらない糸だ。

「最初、クラブで遊んでいた孫娘がこいつらに引っ掛けられた。杉浦の孫だと吹聴して歩いていたのだから、餌食《えじき》になるのは当然だ。淩《さら》われ、真っ裸にされて、有名俳優と嵌《は》めているところを、撮影されてしまった。奴らとしては、一回の撮影で、二組から脅し取れるやり方だ」

「しかし、それは一年前なら効いても、うちの刑事が一発かましてからは、すべてはコラージュだということで、一件落着なんじゃないか？」

「いや、政治家はもう遅い。一回やつらと談合してしまった形跡は消しようがない。口座振替の証拠やこれまでの金の流れ、すべてを握られている」

「そのグループもたいしたものだな。暴走族上がりにしては、手が込んでいる」

「暴走族上がりでも、ちゃんとハーバードを出ている」

「なんだって？」

「潮村早苗の一番下の弟だ」

「ええっ」

岡崎の横に座る、マトリックスが叫んでいた。

「糸が繋がったろう」

刑事部以外の同級生全員が頷いた。繋がり出した。

「名前は潮村直人《なおと》。二十八歳。姉の早苗より一回り以上も下の弟だ。暴走族の連中は中学時代からこの直人に小遣いをもらっていたパシリだ。直人は姉同様に刻苦勉励《こっくべんれい》したが、違う道を選んだ。ハーバード時代に、ニューヨークのマフィアと繋がったのさ。直人はいま、日本の極道組織を根底から変えようとしている。その最大の仕掛けは、新しい淫脈を築き上げることだ」

「淫脈？」

聞きなれない言葉に、岡崎は問い返した。

「もっとも楽勝な金脈は淫脈さ」

極道ビジネスで、もっともリスクが少ないのは淫売だ。それは性安に移ってすぐに、松重豊幸から聞かされていた。しかしその分だけ、縄張りが厳しいはずではないか。

「直人が考え出したのは、まったく新しいシステムの構築さ」

「どんな？」

「旧来の極道は国内では借金のカタに女を取ってきた。海外からはアジアが主流だ。直大手組織は、マニラとバンコクを中心に女とクスリの調達ルートを持っている。直人は、もっと国際的センスに溢れている。ロシアと南米からの調達だ。しかも国内では、良家の婦人や子女を抱え込んでいる。これをニューヨークやワシントンに娼婦として送り込んでいる。留学という名目で渡米させては、国連関係者やホワイトハウスにまで股を開きにいかせているんだ。とんだロビー活動だが、民自党幹事長にとっては、有効な組織になり始めている。下手な商社などよりも、外交の下地を作ってくれるという寸法だ」

「淫脈か……」

岡崎はため息をついた。ピンサロやソープから六本木の不良グループまではわかるが、それがホワイトハウスまで繋がるとは思ってもいなかった。

「さらにいえば、このルートからさまざまな機密漏えいもあるわけさ」

刑事部の同僚が、だからお前にも無関係ではないという顔をした。

日本の政府機密が流れれば、それは外事課としても捜査しなければならない。

「六本木の連中は、官僚たちの夫人や子女にも手をかけているのは間違いない。ニューヨークはもちろん、モスクワ、南米にまで機密は飛ぶことになる」

「糸が繋がったろう。潮村は弟に警告するために、歌舞伎町浄化作戦を立てさせたんだ」

「わかった。国家機密保護のために、このエロ担が犠牲になろう」

「下手したら、首が飛ぶぞ。性安は間違いなく解散になる」

岡崎はいった。

「大義の前には仕方がないさ。それで、どう火の手をあげればいい？」

「ちょっと待て、いまうちの捜査員が潮村早苗を尾行している。連絡を入れてみる」

刑事部の同僚が手元のタブレットを弄《いじ》りだした。

「この近辺のクラブに入ったそうだ」

「本当か？」

「弟の直人に会って、直接手を引くように談判する気だろう。そろそろ身辺が怪しくなってきたことを悟っている。直人はめったなことで、人前に姿を現さない。だから居場所の特定も出来ていなかった。姉の方が出向くのを、うちも待っていたのさ」

刑事部の同僚がにやりと笑った。

「いいチャンスじゃないか。岡崎、直人を上手く引っ掛けるならいまだ」

外事課の同級生も、賛同している。

「いまかよ？」

岡崎は、少し弱気になった。六本木のクラブの捜査なんて、自信がなかった。出向いて、いきなりバットで殴られるのは嫌だ。

「いまだろ。潮村早苗がわざわざクラブに行くんだ。必ず弟も現れる。直人本人がいたら、何でもいい、引っ張る口実を見付けろ」

「俺にそんな芸当はない。ちょっと待て。性安のスタッフに連絡を入れる」

岡崎は新宿の仲間に一斉メールを送った。詳しくは書けなかった。潮村早苗の弟がピンサロ「ニッポンの友」とソープ「オリンピック」の元締めで、盗撮などの仕掛けを作ったのも、そいつだと連絡した。

松重が新宿のホテルの防犯カメラに映っていた男の動画を転送してきた。

たぶんこの男だろうと、注釈がついている。

「この男だ」

刑事部の同級生が頷いた。完全に糸が繋がった。

松重は、自分が同行するのでは、相手にわかりやす過ぎるといってきた。

真木と相川は潮村早苗に先週会っている。つまり面が割れていた。

小栗は、急いで潜入の設定をするといってきた。クラブで遊ぶような男の経歴に背乗《はい》りさせてくれるそうだ。

上原亜矢が、私行きますと、連絡してきた。設定に見合った準備をすべて整えて、一時間後に六本木アマンドの前に来てくれるそうだ。待ち合わせ場所がベタすぎないだろうか。

「この場合、元万引き担当ぐらいで、役に立つのだろうか？」

「女がいた方が、クラブに入りやすいだろう」

外事課の同級生が背中を押してくれた。

「そうか……」

岡崎はまだ自信が湧いてこなかった。

「俺が、マトリとして同行してやる。売人を挙げる振りして入ろう。キングの連中は必ず何か仕掛けてくるさ。俺が引き寄せている間に、おまえと、その所轄の女で、潮村早苗に近づけ。畑違いがダブルで来ているとは思わないさ」

少し勇気が湧いてきた。

2

ロシア大使館に近いビルの地下に「クラブ・キングトーンズ」はあった。

岡崎は大手広告代理店の創業者の子息のプロファイルに化けていた。本物はいまニューヨーク出張中だ。

このなりすましによって、一見客《いちげんきゃく》お断りの関門を潜り抜けた。黒人の巨漢のガードマンが岡崎の差し出した名刺をもとに、あれこれとパソコンを弄《いじ》り、すぐに笑顔を見せた。

本人のプロファイルを引き寄せたのだろうが、小栗がすでに写真を岡崎の物に貼り換えていた。

同じように、上原亜矢はモデルの卵ということでやって来た。やはり大手芸能プロのホームページのカタログを操作していた。

小栗もかなりな無茶をしたものだ。

マトリックスはすでにこのクラブのIDを手に入れていた。厚労省麻薬取締部にも、きっと小栗のような偽装のプロがいるのだろう。

ハイテンションな音が鳴り響く中で、潮村早苗の姿を探した。

岡崎はマトリと上原亜矢と共に、壁にもたれながら、クラブの中を窺《うかが》った。

ひと目でわかる派手な議員だ。見付けるのは簡単だった。

ダンスフロアの向こう側。ガラス張りのＶＩＰ席の中に、潮村早苗の姿が見えた。

白髪の男と談笑している。

警察庁ＯＢの平山勝彦だった。この男も絡んでいるとなると、さらに慎重にならざるを得ない。刑事部の同級生は知っていたはずだ。

岡崎はうまく身代わり地蔵にされたことに気が付いた。

「なんか、今夜のところは、潮村の弟の顔を確認したら、難癖《なんくせ》なんかつけずに帰った方がいいじゃないだろうか？」

マトリの同級生にそう囁《ささや》いた。

「俺も、そう思う」

警察庁と厚労省出身の大物議員が一緒にいるのだ。お互い、下手なリスクを冒したくない。

「俺たち、コンサバティブな役人だものな」

「そうだよ」

互いに肩を叩き合った。

政治家の顔など知らない客たちは、フロアで踊るのに夢中になっている。

上原亜矢が、じっと遠くを見つめていた。この女だけは、まだ捜査をする気でいる。

「あの外国人の女、股に何か隠しているわ」

ダンスエリアの隅。バーカウンターに肘をついている大柄な女を顎で指した。外国人の女。

リオのカーニバルが似合いそうなグラマラスな女だった。

マイクロミニの黒のワンピースからカモシカのように伸びた脚を、何度も組み変えている。この女だけは、VIPルームの方向を向いていた。

上原のいう通り、足の組み方が、不自然だった。何か挟まっている。それは確かだ。

「コロンビア・シンジケートの売人さ。うちはとっくに眼をつけている。だがあの女ひとり、パクったところで、上に繋がらない。むしろあの女から買った人間たちの方が面白い。芸能人が、わんさか顧客になっているんだ」

そうマトリックスが教えてくれた。

「その芸能人たちの名前を週刊誌に、売り込んでやればいい。なまじあの女を摑《つか》まえるより、いいキャンペーンになる」

「そういうことさ」

「あぁぁ、イライラする。私、股間に物詰めた女を見付けると、無性に捕まえたくなるのよね」

轟音としかいえないハウスミュージックの中で上原亜矢が、大声でいっていた。いまにも飛び出していきそうだった。

「よせよ。今夜はパトロールだけだ。股間に挿入しているのは薬物《ブツ》だろうが、俺たちの管轄じゃない。それに万引きしてきたわけでもないだろう」

岡崎は上原の腕を取った。弾力のある腕だった。

上原の胸元からは、芸能人を気取るために、振り撒いてきたらしい香水が放たれていた。靖国通りに面したディスカウントショップで、購入したのだろう。強烈過ぎて、岡崎は眩暈《めまい》を覚えた。

「あれは、粉ものとかじゃないわ。スティック。口紅かなぁ」

上原が首をかしげている。

「女は、そんなもんを股間に入れるのか？」

「普通入れません。だけど、あれは、カラーやリップのスティックでもないみたい……私、様子見てくる」

「よせっ」

そういったのに、上原亜矢は、ダンスフロアをよぎり、コロンビア女に近づいて行ってしまった。悪い予感がする。

ＶＩＰルームで談笑するふたりの大物政治家の傍らに、別の男が現われた。弟の直人ではない。もっと太った、品のなさそうな男だった。年齢は二十代後半。直人の手下だろうか。

若者はふたりにワインを注いでいる。赤ワインだ。

もうひとり女が入ってきた。黒いスリップ・ワンピ姿の白人女だった。

白い肌と青い瞳。クールな笑顔だ。ロシアの有名テニス選手に似ていると思う。

もちろん別人だが。

平山勝彦がにやにやと笑っている。平山が女にＵＳＢらしきものを渡している。

潮村早苗がそれを眺めながら指でＯＫマークを作っていた。

ロシア人風に見える女は、股間から別のＵＳＢを引き抜いた。それを潮村早苗に渡している。

「何の取引だ？」

岡崎は首をひねった。

「あれほど、堂々とＵＳＢのやり取りをしているんだ。やばい取引じゃないだろうさ」

ちょうどそのとき、バーカウンターで、悲鳴が上がった。

コロンビア人の女の声だった。

先ほどから上原亜矢が、カウンターで酒を飲みながら尻を振っているのは見ていた。音楽のリズムに合わせて、尻を振っていたのだ。

いきなりぶつける作戦だとは、思ってもいなかった。万引き捜査ではそんな大胆な策に打って出るのか？

上原亜矢のかなり大きなヒップに弾き飛ばされた女が、フロアに尻もちをついていた。

岡崎は友人の振りをして駆け寄った。マトリックスはそのままＶＩＰルームを見張っている。

コロンビア人の女はＭ字開脚状態になっていた。マイクロミニのスカートは臍《へそ》の位置までまくれ上がっている。

「見て、この股間。粉や草じゃないわ。カメラが仕込まれているの」

上原亜矢は両脚を開いて腕組みをしていた。捜査員丸出しだった。岡崎が上原の手を引いて逃げ出そうとする前に、いきなり十人ほどの若者たちに取り囲まれてしまった。

全員が目出し帽にジャンパー姿。それぞれが金属バットを握っている。

背を伸ばしてＶＩＰ席を覗いた。恐怖に顔を歪ませて、潮村早苗と平山勝彦が、出て行こうとしている様子が見えた。

反対側の壁際にいたマトリックスは消えていた。頼みの綱は、マトリックスしかいない。

3

上原亜矢はゆっくり眼を開けた。まだ頭がくらくらする。

金属バットを持った若者たちに囲まれたのまでは覚えていた。その後、突如立ち上がったコロンビア人の女に香水のようなスプレーを振りかけられた。目が眩《くら》み、そのまま意識を失ったのだ。

暗い部屋だった。いくら眼を凝らしても、何も見えてこなかった。闇は闇でしかない。

椅子に座らされているようだった。身体がきつかった。縛られている。手も足も動かない。

衣服を着ているか、脱がされているのかさえわからなかった。

亜矢はわざと涎《よだれ》を垂らした。バストに向かって垂らした。ぴちゃ。乳首に直接当たるのがわかった。裸にされている。腕を揺すった。革が肌に食い込む感触。ベルトのようなもので、椅子に括《くく》りつけられていることが把握できた。

どうされる？

頭に浮かんだ文字は「死」だった。

とんでもないことをしてしまったと、いまさらながら後悔した。岡崎の制止をふりきり勝手に飛び出した自分がいけなかったのだ。

岡崎はどうなっただろう。

その名前を呼ぼうとしたが、止めた。助けてと叫ぶのも自制した。リスクが高すぎる。

案じても、どうにもならないケースだ。

自分たちを浚《さら》ったのは、極道でもなければ、テロリストでもない。ただの愚連隊だ。なんらかの取引のきく相手ではない。

岡崎なりに、命乞いを考えてもらうしかない。

亜矢はその状態で、ひたすら誰かが来るのを待った。

室内の温度はコントロールされているようだった。

何も見えない。何も聞こえない。時間の経過もわからない。

恐怖感に苛《さいな》まれた。嗅覚だけはあった。甘い香水のような匂いを感じた。しかしそれだけだった。

堂々巡りを繰り返す思考がとうとう停止されて、睡魔に襲われた。眠って楽になりたいと願う。

目が眩《くら》むほどの光を浴びせられたのは、その瞬間だった。

正面の扉が開いた。外光ではない。警察が立て籠もり事件の際に使う大型投光機のような大型ライトが二発、扉の向こう側から当てられている。

「万引き捜査が、とんでもないことになりましたね」

ライトの後ろから声が聞こえた。若くて張りのある声だった。潮村直人に違いない。

ここは倉庫のような場所だった。コンクリートの倉庫だ。壁面に棚があって、香水瓶が並んでいた。暗闇で匂いを感じたのは、この香水の揮発臭だったようだ。嗅いだことのない匂いだ。甘くて、とてもエロい香り。

真っ白い光を浴びせられ、自分の裸体をようやく見ることが出来た。

やっぱり真っ裸だった。胸の下と腰を黒いベルトで覆われている。足首も椅子の脚に括りつけられていた。

せめてもの救いは、両脚が閉じられたままだったことだ。女の大切な部分は開かれていない。

陰毛の上半分だけが、ライトに煌々《こうこう》と照らされていた。

何の慰めにもならないが、いまは、陰毛ぐらいなら見られてもかまわない気分だ。

「上原さんは、発見してはならない物を、見付けちゃったんです」

男は笑いながらいっていた。

「潮村直人さん？」

暴行拉致の首謀者に亜矢は「さん」をつけていた。いまは逮捕する側の人間としてではなく、命乞いを頼むべき相手だったからだ。

「もうバレちゃっていますね。エロ担のみなさん、本当にすごいや。僕が大金を投じて仕掛けた部屋を、一瞬にしてめちゃくちゃにしてくれるし、昨日は昨日で、せっかく、大物議員ふたりを、売国奴に仕立て上げようとしたのに、台無しにしてくれるんだもん。まいっちゃいますよ。たかがエロ担と、侮っていた僕らが不覚でした」

「すみませんでした。もう捜査なんかしませんっ」

子供じみた謝罪だったが、人間、とどのつまりはこうなってしまう。

「許してください。あなたのチームに貢献できることなら、なんでもします」

本気でそう思った。売春でも何でもするし、これまでの捜査状況を教えてやってもいい。

「うちの課って、本庁の議会へのポーズで出来ただけなんです。だから、適当に検挙率あげたら、それで終わりにするみたいです」

松重豊幸からおおむね聞いていたことを素直に語った。

「上原さんは、そのようにしか聞いていないんですね。元万引き担当者には、そのぐらいのことしか伝わっていないのかもしれないですね。そのわりには、外事課まで出張ってきて、大掛かりじゃないですか」

なまじ岡崎などが出向してきたから、そう見えてしまうのだと思った。

「あの人は、数か国語が話せるから、外国人娼婦の尋問用ということで」

「上原さん。あなたバカじゃないですか？　僕らは、姉や平山勝彦とは逆で、旧来の任侠組織や、テキヤ団体を追い出そうとしている派閥の手先なんです。いつまでもその辺に利権を握っていられると、新しい政治が出来ないんです。次期総理はそう考えています」

「次期総理？」

話がとんでもない方向に向いている。元万引き担当で、現エロ担の亜矢には荷が重すぎる話になってきた。真っ裸で政界謀略の話を聞かされるとは思っていなかった。

「民自党の幹事長杉浦大二郎さんは、利権構造を変えようとしているんです。それには、歌舞伎町の構造を変えるのが一番なんです。姉と平山は、それでは自分たちの在来利権が侵されるので、手を打ってきたんです」

誰が敵で、誰が味方なのか、亜矢にはわからなくなってきた。

いや、全員が敵なのだ。そうだ、それを忘れてはいけない。

「姉の潮村早苗は長い間、厚労族で、覚せい剤の密売状況を把握することで、逆に政治資金を集めていたんです」

情報を裏組織に流していたということか？

「平山勝彦は、警察庁ＯＢでありながら、戦後の政府と極道のレジームを守る側にいました。あるまじき国会議員です」

「で、でも、それで歌舞伎町の秩序が保たれていたとも……」

先輩刑事松重の持論を受け売りした。潮村直人は大声で笑った。

「杉浦大二郎さんは、戦後レジームからの脱却を目指しています」

要するに売春と覚せい剤と暴力装置を新たに作り上げ、独占しようということだろう。

「だから、ぼくらは昨日、姉と平山の政治生命を断とうとしたのです。平山が渡したUSBの中身は、ただのエロ動画です。ロシアでは、日本人同士のセックス画像が好評だと嘘をつかせました。でもあのロシア女は、本物の諜報員なのです。僕らは、あとで、あのUSBの中身を入れ替えるつもりだった。自衛隊の配置図とね。まぁ軽い情報です。代わりに姉に渡したUSBには、ロシア女のレズシーンが入っているということになってました。姉は男は童貞しか相手にしない性癖の持ち主です。代わりに女には目がない。しかし、実際の中身は覚せい剤を積んだロシア船舶のリストです」

どういうことだ？　乳首がピンと硬くなった。こんなときに恥ずかしい。

「あのふたりが店を出た瞬間に、ネットに取引場面をアップする予定でした。コロンビア人が外から撮影していたんです。その上で、ふたりの乗った車に追突事故を仕掛ける。警察を呼ぶ。そして、発覚させる。警察官は杉浦大二郎の息のかかった人間から出動を依頼されるという完璧な設計図でした。それをあなたが、撮影を妨害し、姉と平山に気づかせてしまった」

あのコロンビア人、股間に隠していたカメラで、ＶＩＰルームを撮影していたのか。

「マスコミの餌食にして、ふたりを政界から抹殺するつもりでした」

「余計なことをして、申し訳ありませんでした」

謝るしかなかった。

「頭を下げれば済むということではありません」

相手からすれば、その通りだろう。

「どうすれば……」

「あなたと岡崎さんには、恥をかいてもらいます。僕たちも大恥をかきました。その償いに、やはり恥ずかしいことをしてもらわなければなりません。それが、チームキングのやり方です」

4

亜矢は岡崎雄三の陰茎を咥《くわ》えていた。ベルトはすでに解かれている。

別の部屋に監禁されていたらしい岡崎も、ここに連れてこられた時は、素っ裸だった。

周囲に十数人もの金属バットを持った男たちが取り囲んでいた。据え置きのカメラが五台置かれている。カメラと衆目の中でセックスをしろと命じられたのだ。

潮村直人の姿はなかった。どこかで、映像を見ながら指示をしているらしい。仲間のひとりがテレビ局のディレクターのようなインカムをつけていた。

岡崎は立ったままで、その股間の前に亜矢は跪《ひざまず》いていた。

「この映像は、ＦＭ波であなたたちの秘密オフィスに飛んでいる。なあに世界中に中継しているわけじゃない。他からはアクセスできないように、ブロックされている。この中継を見ることが出来るのは、お宅のオフィスのＰＣだけだ」

おそらく小栗順平が真っ先に発見するのだろうと思うと、亜矢は恥ずかしくなった。

せっかくだから、フェラテクのあるところを見せてあげたいとも思う。

岡崎雄三の陰茎はしょぼくれていた。恐怖で完全に縮み上がっている。これを勃起させるのは、大変そうだった。

くにゃくにゃとした肉根を口の中に入れ、舌で舐《な》めまわした。

たらこを一本ごと口に入れてしまった感触だった。柔らかい。舌をいくら這わせても、なかなか芯が通ってこない。いつもなら舌先に感じるはずの、男根の筋すら浮かび上がってこない。

上目使いで岡崎の顔を見上げると、とてもすまなそうな顔をしていた。

亜矢は岡崎の金玉を右手で握った。圧力を掛ける。覚悟を決めなさいという意味だった。岡崎の顔が歪む。そのまま顎を引いた。わかったと頷いてくれたようだった。

それでもまだふらつく根元をしっかり押さえて、軽く摩擦してあげた。すると亀頭がピクンと跳ねた。勃起する脈はある。たくさん気持ち良くしてあげれば、挿入まで行ける気がする。

亜矢は玉袋と根元を刺激しながら、亀頭を懸命にしゃぶった。舐めたり、吸ったりした。次第に大きくなった。男根特有のいくつもの青筋を、舌先が捉えはじめている。

「この婦警さん、ヘルス嬢も顔負けのフェラテクだぜ」

取り囲んでいる若者のひとりが、呆れたような声を上げた。だったら、そっちで働かせてくれてもいい。もう警察なんかに未練はない。亜矢はせっせと唇をスライドさせた。太く長くなってきたので、斜めに咥えた。右の頰に亀頭が浮かぶ。

「ＡＶ嬢より見せてくれるぜ」

そっちで働くのは気乗りがしない。顔バレは嫌だ。誰にもわからずに働けるのなら、どんな破廉恥なことでも出来る。女とはそういう生き物だ。

「んんんっ」

頭上で岡崎が呻《うめ》いていた。太腿にヒクヒクと痙攣《けいれん》の筋が走っている。亀頭も震えていた。射精が近いことがわかった。

「ここで出しちゃダメだよ。こいつ勃起が遅いから、また立たせるのに時間がかかる。お姉さん、騎乗位でずぼっとやってくれって」

頭にインカムをつけた男がいっている。どうやら上からの指示のようだった。

亜矢は口から岡崎の陰茎を抜いた。涎まみれの肉砲は、前に見た松重よりも逞しかった。形の良いハンサムバナナだ。

「硬い床だけど、仕方ないわね。ここに寝てください」

岡崎に指示をした。岡崎はまたまた申し訳なさそうな顔をしながらコンクリートの床に仰向けになった。身体の真ん中から一本の肉幹がそびえたっている。亜矢は跨《また》がった。

また跨ることになったのだ。先月は老刑事の松重豊幸。今月は若手キャリアの岡崎雄三。跨ってばかりだ。小栗と嵌めることになったら、ぜひ正常位で願いたい。

それよりも、この中継を真木課長が見ているのなら、業務挿入の特別手当を出して欲しい。これは絶対に特別手当のいる業務だ。

そんなことを思いながら、岡崎の肉柱を股間にあてがった。しゃぶっている間に、こちらの肉舟は充分潤っている。

「本当に挿入する気かよ？」

岡崎が哀れな声を上げている。

「やるしかないでしょう。このまま、裸で逃げられますか？」

腰を沈めた。肉口に圧力がかかった。秘孔がぬぽっと開く。亜矢は一気に尻を下ろした。

「あっ」

「いいっ」

ふたり同時に喜悦の声を上げていた。岡崎の男柱は鉄のように硬かった。熱も帯びている。これは燃え滾《たぎ》る鉄柱だった。

感じる。感じている場合ではないのだが、穴の中が滅茶苦茶いい。亜矢は尻を何度も跳ね上げた。そのたびに勢いよく、男根が抽送される。

気持ちがいい。いつもより気持ちが良すぎる。

「もっと発情させてみろとさ」

インカム男がいった。もう充分欲情している。肉層が蕩けそうだ。

男は亜矢にいったのではなかった。金属バットを持った別の若者が壁際の棚に、香水を取りに行った。小さなスプレーを持って来た。

騎乗位でピストンをつづける亜矢の接合点に向けて。シュッとひと吹きされた。

クリトリスに冷たかった。

岡崎の男根にもかかっている。粘膜と粘膜の間に入った香水が新たな潤滑油となった。

感度が上がった。クリトリスが破裂しそうなほど膨らんだ。

「あぁああ」

歓声をあげずにはいられなかった。

何だこの香水？

「おぉおお。もう出そうだ」

岡崎も叫んでいた。目が飛んでいる。いつもの知性的な岡崎の表情ではなかった。

視線が定まらずに、天井のあちこちに這わせている。口は大きく開けたままだ。

亜矢の方も、肉陸《にくりく》が波打ちだしている。挿入をしているというのに、物足りなさを感じるほどだ。ピストンをしながら、淫核にも手を這わせた。肉マメを押し潰《つぶ》すように虐《いじ》めた。

「ぁあああっ。こんなの初めてっ」

一回いった。未体験のゾーンに入ったような極上の頂点だった。

「この新製品。回りが早いな。ボス、女の尻穴にもスプレーしてみますか？」

インカム男がいっている。ボスとは潮村直人だろう。

「了解しました。やってみろってさ」

今度はひと吹きではなかった。肛門にシュッシュッと何度も掛けられた。騎乗位で嵌めていたため、尻山を男たちに差し出す格好になっていた。

これでは吹いてくれといっているようなものだった。

肛門がいい匂いになった。渦巻き状の硬い粘膜の中に、ひたひたと香水が侵入してくる。すぐにうずうずしてきた。

「脱法ドラッグの時代は終わりましたね、ボス。これからは脱法コスメの時代です。これなら、踊りながらでも、簡単に女に打ってやれます」

インカム男が報告していた。

とんでもない香水を撒かれたと思った時にはもう遅かった。亜矢は狂乱の声を上げていた。尻穴が、何かを入れて欲しくて、もがいている。

男がひとり、金属バットを持って近づいてきた。

5

新垣唯子は画像を見ながら、ボールペンをスカートの中に突っ込んでいた。

ひとりオフィスで留守番をしていた。

課長以下全員が六本木に向かって飛び出していったままだ。

この隙にと、思いを寄せる小栗順平の席に座って、いつものように彼のボールペンでクリトリスを擦《こす》っていた。

実は時々舐めていた。自分の唾液のついたボールペンを小栗が手にするのを見るたびに発情していた。

捜査には直接関係のない自分だけがここでは別扱いされているようで、欲求不満だった。性活安全課に来た限りは、自分もエロ捜査に加わりたい。

会議で全員がエッチな単語を連発し、押収した無修正映像などを観賞しているので、伝票整理をしていても、気が気でない。

渡される領収書も「ハメハメエンジェル」とか「ねっちょりガールズ」とか、整理していて、むらむらとさせられるようなものばかりだ。

松重と相川ならわかるが、最近では小栗もそんな領収書を持ってくる。昨日渡されたのは「サロン・ズコズコダーリン」で三万二千四百円だ。消費税もしっかり乗っている。

そんなところに行くなら、自分とやってくれればいいと思う。

腹いせに、ボールペンに涎だけではなく、淫汁を擦り付けてやろうと、パンティの中に潜り込ませて、十秒ぐらい経ったときに、いきなり小栗のパソコンが点灯した。自動的にだ。

液晶にアップされた映像を、唯子は当初理解できなかった。

ボールペンの尻尾で、クリトリスを突きながら、目を凝らしてみてると、上原亜矢と岡崎雄三が交尾していた。

親友亜矢の尻の上下がものすごく速くて、岡崎の肉幹は良く見えなかった。

これまで見たどの押収作品よりも凄まじい映像だった。

現場の音声は消されている。代わりに男の声が聞こえてきた。

「性安課のみなさんこんにちは。こちらキングです。やられたので、やりかえしています。この女の尻、いまに張り裂けます」

どうやら実況中継らしかった。

唯子はあわてて、真木課長以下に、一斉メールを送った。

戻るのに、サイレンを鳴らしても、十五分は掛かるといっていた。

その前に、いっちゃわないとならない。唯子は懸命にボールペンを動かした。

「ぁああ、いいっ」

たったひとりのオフィスで、甲高い声を上げた。

画像の中の亜矢は、もっとよさそうな顔をしている。十分が過ぎていた。もう戻って来るころだ、急がなければならない。唯子はパンティの中に指も入れた。肉芽をボールペンで突きながら、淫穴を人差し指で掻き回した。こうすると早くイケることを知っていた。

「うわぁあ」

極点をみた。椅子から滑り落ちそうになる。膝頭ががくがくと震えていた。

同時に扉が開く音がした。帰着が予定よりも早い。

唯子はあわててパンティの中からボールペンを引き抜いた。淫液がねっとり付着したままだったが、拭く暇はなかった。

「新垣さん、連絡ありがとう。中継映像はどこ？」

真木が颯爽と机の後ろにやって来た。唯子はすぐに席を譲った。代わりに真木が座る。画像を見る眼が血走っている。

「まったく、なんてことを」

すぐに松重豊幸も入ってきた。相川と小栗がその後に続く。

「あの若造がもっている香水スプレー、あれは脱法媚薬だ」

松重が声を震わせていった。

「覚せい剤なんかよりも、はるかに簡単に稼げる方法を開発したのよ。あれがあれば、クラブを一瞬にして乱交場に変えることが出来るわ」

「そんなもので、いい女たちがどんどん狂わされたら、風俗店なんてなくていいことになってしまうぞ」

真木と松重が息を呑んでいる。唯子は一番後ろに付いて、そのやり取りを見守っていた。机の足元の床には自分の淫液が斑点のように付着している。ハイヒール、真木が滑らなければいいが。そっちの方が気になった。

「小栗君。この映像の発信元を追跡して」

真木が席を譲るように立ち上がった。無事後方に退いた。唯子は安心した。

「はいっ」

小栗が勢い込むように、自分の席に座ろうとした。ぬるっ。革靴を滑らせた。転びそうになる。

ごめんなさい。唯子は心の中で手を合わせた。まだクリトリスも淫穴も、うずうずしたままだった。

小栗の背中を松重が押さえて、早くと怒鳴った。小栗はキーボードをあれこれと叩いていた。

「現場は麻布《あざぶ》十番界隈です」

「急行しましょう。黒幕を探るよりも、まずあのふたりを救出しなければ」

相川が拳銃携帯の申請書を持ってきた。小栗の机の上からボールペンを拾い上げた。ぬるっと滑り落ちた。相川は手に付いた粘液を見つめている。

ごめんなさい。唯子は、もう一度心の中で呟いた。

「ちょっと待ってください。映像の現場は麻布十番ですが、音声だけ別の位置から発信されています」

小栗がさらにキーボードを操作している。乱れ打ち。そんな感じだった。

「音声は麹町《こうじまち》一番町です」

「どういうこと？」

「この映像はうちだけじゃなくて、もう一か所に飛んでいて、さまざまな指示はそこから出ている」

「潮村直人の隠れ家？」

真木がヒステリックに叫んでいた。

「凄い大物の自宅です」

「なんですって？」

「民自党幹事長。杉浦大二郎の自宅です」

小栗が所在地をどんどんクローズアップさせていく。

モザイク画面のように画像がめまぐるしく動いて、最後にくっきりとした映像が現われた。数寄屋造りの豪邸だった。門前に警備局から派遣された警察官が駐屯していた。その顔が映る。

「あっ、あいつ警察学校で一緒だった柳場《やなぎば》だ」

相川が声を上げた。

「松重さんと、小栗君で麻布へ行ってちょうだい。七分署の刑事課の応援も頼んでいいわ。脱法コスメの摘発となれば、刑事課もお手柄でしょう」

「真木課長は、麴町へ？」

松重が七分署に電話を入れながらいっている。

「私は相川君を連れて、杉浦邸に乗り込むわ。強硬突破よ。本庁の手も借りるわ」

「わかりました。では、お互いの健闘を祈って……」

松重刑事と真木課長がハイタッチをした。全員があわただしく、また出て行った。

画像の中は凄いことになっていた。亜矢の尻の穴の中に、金属バットが、ぐいぐいと挿入されていた。

唯子はパンティを下ろした。もう一回自慰をしなければ、落ち着かなかった。

第七章　淫撃セブン

1

「やぁ、久しぶり。交代要員として、俺が回されたんだ」

相川将太は、杉浦邸の門の前に置かれている小型テントの警備小屋に向かって声をかけた。二か月ぶりに濃紺の制服を着てきた。この姿の方が自分にはしっくりくる。

「なんで、おまえが？」

警察学校時代の同期である柳場が不思議そうな顔をした。

「顔見知りといっても、変則的な交代だ。柳場も署の確認をとってくれ。お互い、原則通りやらないとな」

相川の方から、仕向けた。疑惑を持たれないことが、第一である。

「あぁ、そうする」

柳場は警察無線を取った。深閑とした住宅街の中に無線の雑音が鳴り響いた。

「あのう、Sポイントの立ち番ですけど、新宿七分署から、交代が来ていますけど、こちら指示を得ていませんが。来ているのは本物の新七《しんなな》の警察官に間違いありません。自分顔見知りですから」

柳場は麴町三分署と話している気でいる。周波数はとっくに小栗が乗っ取っていた。おそらくいま、麻布十番界隈でこの無線を受けている。

無線機の中から聞こえてくる声は、松重の声だった。麴町三分署の警備課主任を装っている。たぶん、小栗がその特徴をすべてファイルから引き出しているのだ。

「えぇえっ。そんなことがおこっているんですか。わかりました。自分、いまからそっちに合流します。はい、いまから八王子《はちおうじ》に向かいます。あぁ、そうですか。新宿七分署の普通車、借りちゃっていいんですね。了解。ただちに向かいます」

無線マイクを置いた柳場は血相を変えていた。

「お忍びで来日しているイタリア外務省高官の警備員が、足りないらしい。要するに、お忍びがバレたんで、突如公式の来日に切り替えたんだそうだ。外務省も、警視庁の警備部も、大慌てだそうさ。まいったよなぁ。八王子十二分署にすぐ行って合流しろとさ。そっちの車、借りていいんだって？」

「こっちにも、その要請が入っている。あのワゴン使ってくれ。パトでも覆面でもない普通車だ。こっちから出せる車両にも限りがあってよ。あれは歌舞伎町の中をパトロールする擬装車だ。一般登録しているので、中には無線も何もないから不便だが、我慢してくれ。向こうの駐車場に乗り捨てでいい。回収はうちがやることになっている」

「なんだか、新七に借りが出来たみてぇだな」

「上が決めたことだ。俺らがどうのこうのじゃない。警備課なんて、警察官の華だぜ。うらやましいよ」

「まぁ、そうひがむなよ。相川も本格的に捜査に加わるようになったんだ。おたがい、順調ってことよ」

柳場は相川が乗ってきたワゴン車の方へと向かっていた。エンジンがかかる音がする。ワゴン車は、靖国通りの方向へと消えて行った。

相川は警備小屋へと入った。無線機はふたつある。一番、二番と番号が振られていた。一番は管轄の麴町三分署へ直通用だ。こちらはすでに松重チームと繋がっていることが、先ほどの柳場の会話でわかった。二番は邸の中と連絡を取り合うものに違いない。

先に一番を取った。すぐに小栗の声がする。

「S邸前。引き継ぎ終了」

そういうと、向こうも了解とだけいって、すぐに切った。

後は、待つだけだった。こうして立っていると、交番勤務に戻った気分だ。

しかし、この三か月で自分は変わったものだ。

捜査をサポートする側から、いまは捜査の中枢へと進んだのだ。柳場のいう通り、やりがいのある立場へと順調に駒を進めていると思う。

そして、なによりも大きく変化したことがある。

童貞ではなくなったのだ。

相川は議員会館での童貞喪失以来、何度も挿入の光景を思いだしていた。そのたびに、股の真ん中で、むくむくと盛り上がってくる。

いけない。いまもまた潮村早苗の白い尻と紅い肉割れが頭に浮かび、勃起してしまった。鎮《しず》まれ、相川は股間に向かってそういった。

静まり返る屋敷町の通りをカツカツと靴音がしてきた。

こちらに向かってきた。

やばい。勃起なんかしている場合じゃない。股間を自分でぎゅっと握りしめた。気持ちが収まった。

「遅くに申し訳ありません。警視庁から、緊急書類をお持ちしました。幹事長に面会を」

真木洋子が警備小屋の前にやって来た。黒いパンツスーツを着ていた。大きな書類封筒を抱えている。相川は二番と書いてある無線機を取った。

「正面警備担当です。警視庁からの面会です。アポありますか？」

松重と小栗が予測した通り、通話の相手は「門を開ける」といった。

機械音がして、いかにも重そうな鉄扉が開いた。

「どうぞ」

真木が門の中に入っていく。門の上に取りつけられた監視カメラが左右に首を振った。相川は敬礼して、真木を見送るポーズをとった。

突然、真木が振り返った。小声でいった。

「あの……股間にもう一丁隠すものなの？」

じっとこちらの股間のふくらみを見ていた。まだ勃起していた。

「いえ、これは……」

答える前に、真木洋子は門の中に消えて行った。

警備小屋に入り、通用口の鍵を探した。正式な客を通す鉄扉の脇に、使用人が出入りをするための小口がある。その鍵は、誰にでもわかる位置に、掛けられていた。しばらく待機だ。真木から空メールが届いたら、自分も突撃だ。

緊張のせいか背中に汗を掻いていた。ひょっとしたら、今夜は実弾を発射することになるかも知れないのだ。威嚇射撃すらしたこともないが、今夜は発砲する可能性が充分にあった。相川は腰の拳銃に触れた。額からも、汗が噴き上げてきた。

勃起はしたままだった。

2

「夜分に申し訳ありません。杉浦先生にじきじきに渡すようにと、刑事部より書類を預かってまいりました」

真木洋子は、玄関口脇の応接間に通されていた。陳情団に、幹事長が顔見せだけをする部屋らしかった。記念撮影をするためのカメラまで設置されている。

邸内を担当する秘書官が現われた。

「長官から、そんな連絡はいただいておりませんが……」

秘書官は顔を顰《しか》めている。門前払いを食らわせる気か？

「それではこの書類を、先にご覧になりますか？」

洋子は茶封筒を開けようとした。中には、麻布十番で蹂躙《じゅうりん》されている男女の映像のUSBと、映像のコントロールがこの邸からであることを示す、通信証拠が入っている。警察が傍受した記録書だ。声の主は潮村直人の他にもうひとりいた。直人の澄んだ声とは対照的な、だみ声だった。

いまもこの邸のどこかで、麻布に指示を出し、威嚇し続けているはずだ。

この秘書官は、実情を知らされていないに違いない。

その時、応接室の扉が開いて、聞き覚えのあるだみ声がした。

「すまん、すまん。秘書が何を勘違いしたのか、こんな玄関端の部屋に通してしまった。さぁ、奥に。儂《わし》の書斎で拝見しよう。そんな重要書類を、ここで開けては、ならんぞ」

杉浦大二郎だった。齢《よわい》六十歳。すでに白髪であったが、顔色は良く、眼光は鷹のように鋭かった。痩せた身体を銀鼠色《ぎんねずいろ》の着物で包んでいた。政治家というより極道の親分の風格だった。

いよいよ直接対決だ。洋子は立ち上がった。

秘書官があわてた顔をした。

「いまは潮村先生とお話し合い中では？」

杉浦の眼が激しく光った。よけいなことをいうなという眼だった。秘書官は、うなだれて、沈黙した。

潮村早苗が来ているのか。これですべての役者がそろったことになる。

「さぁ、真木さんとやらだったな。話は奥でゆっくり聞こう」

杉浦大二郎に促されて、廊下に出た。長い廊下だった。明治の元老の邸宅を思わせる緋毛氈《ひもうせん》敷きの廊下だった。

ほぼ二メートル間隔に電球が下がっていた。

ゆらゆらと揺れる光の中を、民自党の幹事長とふたりきりで廊下を歩いた。

「来ると思っていたよ」

杉浦大二郎は腰を曲げながら歩いていた。

「なぜ、幹事長が、このようなことを？」

洋子は一気に核心を突いた。杉浦大二郎が腰を曲げたまま、こちらを向いた。凶暴な眼だった。

「政界も任侠界も同じさ。色を制するものが天下を取る。政治の〈せい〉とは立心《りっしん》偏《べん》の〈性〉というのは、古くからのいい伝えじゃ。あんたも官僚なら、覚えておきなさい」

「まことに稚拙なお考えかと……」

洋子はきつく杉浦大二郎を睨んだ。杉浦大二郎の顔は半月状に照らされている。不気味な表情だった。

「歌舞伎町の売春の裏に、先生がいるとは思いませんでした」

「忘れた方がいい。官僚なら、是々非々で考えたまえ」

杉浦大二郎が歩を止めて、短くいった。奥の部屋から妖しい匂いが漂ってきた。脱法コスメの香りかも知れない。

かなり遠くから放たれているらしい。香りは薄い。しかし確実に異質な匂いが混じっていた。

洋子は黒ジャケットのポケットからリップスティックを取り出した。

「先生、ちょっと失礼します。唇が渇いて……」

「さすがの、あんたも緊張してきたか。かまわんよ。儂の部屋に行けば、乾きを防止する口紅などもたくさんある」

それを使われたらやばいことになるので、いまのうちに防備薬を塗っておくのだ。処女には処女なりの防衛本能がある。

洋子は杉浦大二郎に背を向けて、唇と鼻孔にスティック状のプロテクト薬を塗った。粘膜への媚薬の浸食を防ぐ薬だ。万全ではないが、一定の時間内なら防げる。

「売春だけならば、私どもも現行犯以外は逮捕できません。先生が教唆《きょうさ》している証拠を取るのは、不可能かと」

ふたたび並んで歩きだした。旅館のように長い廊下だった。

「やはり、あなたは頭がいい」

「しかし、脱法コスメとなれば、お話は別かと。国が滅びます」

薬物の確証を摑んだら、すぐに相川に報《しら》せる。相川はマトリにも通報する手はずになっている。

「真木さんの管轄じゃなかろうに」

「たしかに……しかし私も警察の一員です」

「ですから、忘れなさい。あなたの手柄になるような獲物なら、潮村の弟にいって五人ほど差し出させるが」

「取引はしたくありません。すでに、私の部下が暴行を受けています」

「それも、取引じゃよ。あんたとの話し合い次第では、すぐに解放するさ。なあに、同僚同士でセックスしているだけだろうが」

「強制セックスです。しかも女性捜査官を金属バットで凌辱《りょうじょく》するとは……」

洋子はそこまでいって、言葉を呑んだ。あまりにも過激なシーンが頭をよぎって、足が震えだした。いまに自分も同じ目に遭うかもしれないのだ。

「送られてきた映像を見る限り、あの上原亜矢さんとやらは、アナルぐらいで、泣くような女には見えんがな」

杉浦大二郎が卑猥に口を歪めた。

「しかし、すでに拉致暴行罪は成立しています。ここに、先生が指示している声も入っております。声紋は一致するものかと……すでに鑑識にも回っております」

洋子は悠然といった。

「あなたも、とんだ勇み足をしてくれたものだ。鑑識などへ回すなんて……いますぐ撤回の連絡をしなさい」

「できません」

洋子は立ち止まり、きっぱりいった。そのまま口を真一文字に結び、杉浦大二郎を睨んだ。

「まったく女というのは、どいつもこいつも聞き分けがない。それでは、あなたも、あの人と同じ目に遭ってもらう」

「あの人？」

洋子は眼を大きく見開いて、尋ねた。

「話がまとまるようなら、もっと手前の部屋で、一献やるつもりだったのだが、とうとうここまで歩いてしまった」

廊下の突き当たりにまで辿り着いていた。正面に扉がある。

「この扉の前まで来てしまったのも、あなたの運命というものだ」

「運命？」

洋子は聞いた。殺すとでもいうのか？ ポケットの中の携帯を手繰り寄せた。送信ボタンを押せば、相川に空メールが届く仕組みになっている。

「芥川龍之介がいったそうだ。『運命はその人の性格の中にある』とね。あんたのその強情な性格が、今夜という運命を迎えたことになる」

洋子は送信ボタンを押すのを止めた。老獪《ろうかい》な政治家が文学的な言葉を引き合いに出したことに驚きを感じた。深層を知りたい。

「どういうことですか?」

「その扉を開けるといい。真木洋子君の運命が待っている」

木製の扉に付いている真鍮のノブをまわした。

洋子は眼を疑った。

その場に凍りついた身体を、杉浦大二郎に押された。洋子は室内へと突き飛ばされた。

3

「差し入れ持ってきてあげたわよ」

目の前に新垣唯子が来ていた。婦警の制服を着ている。手にはハンバーガーとコーラ。相川は驚いた。

「こんなところに何しに来たんだよ」

「松重さんからの指示。相川さんが飛び込んだ後に、車のエンジンをかけて待機しておけって。ほらいま車、八王子に行っちゃったでしょう」

「そういうことか」

相川は確認の無線を取った。同僚同士でも信じるな、が松重の教えだった。

松重と小栗は麻布十番の倉庫の前で、いまにも飛び込むというところだった。

「こっちが手間取ったら、合流出来ない。その場合は、性安だけで逃げないと巻き込まれる」

「巻き込まれるって、なににですか？」

「マトリがそっちにも向かっている。脱法コスメの方が大きな問題になっている。うちらの動きとは別にマトリが独自に踏み込みをかけている。もう令状も取っているらしいぞ」

「えぇぇ？」

「課長が中で、コスメを嗅がされて飛ばされたら、同罪で引っ張られるぞ。その時は、課長だけは連れて、現場から逃げるんだ」

「まいりましたね。マトリは後どのぐらいでやってくるんですか？」

「おそらく、三十分でつく。課長のコールの前にマトリが入ったら、おまえも一緒に踏み込め。その時は新垣に車を待機させておくんだ」

「了解」

相川は無線を切った。

「確認取れたでしょう。車はあっちの路地に停めてある。七分署の交通課から借りたミニパト。私も捜査に参加できるなんて、わくわくしちゃう」

「しかし、唯ちゃんの婦警制服、まるでコスプレ」

スカートがやたらと短く見えた。

「うん、これ亜矢ちゃんのロッカーから拝借してきたものだから、私には短すぎるのよ。でも肌色ストッキングがなくて、これじゃ見る人が見たら、婦警じゃないって、丸わかりよね」

ストッキングは黒だった。婦警の制服に黒ストッキングは普通穿《は》かない。

同じ背丈に見えたふたりだが、そういえば上原亜矢はいつもヒールの高い靴を履いていたように思える。上原が穿いている時には太腿も隠されていたが、新垣だと、裾が股間のギリギリのラインまで来ている。

黒いパンストの腿の付け根あたりが、とても扇情的だ。

「憧れだったのよ。婦警の制服」

「庶務課だって持っているだろう」

「まず着ないよ。着ていたら、昼ごはんに、外に出られないじゃない」

警察官は制服姿で、食堂に入るとか、電車に乗るのを原則的に禁じられている。

一般市民に弛緩した警察の姿を見せたくないからだ。

食事はもっぱら署内。出る時はいちいち着替える。その点、私服の捜査員や事務員は楽だった。傍目にはサラリーマンやOLと変わらない。

日頃私服しか見ていない新垣唯子の制服姿は新鮮だった。

星降る夜に、制服姿の警察官と婦警が並んで立っているのは、なんともロマンチックだ。

「似合うよ」

相川は思ったことをそのまま口にした。

自分は小栗のようなイケメンでもなければ、岡崎のようなインテリでもない。頑丈な身体しか取りえのない下っ端だ。別に口説くつもりなどなかったが、月夜の下で見る新垣唯子は可愛いらしく見えた。

「そう？　このギリギリのラインいいでしょう」

新垣唯子がスカートの裾を持ち上げて見せてくれた。パンストの濃淡の境目が見えた。

「おいおいエロ過ぎるよ」

「あっ。相川さん勃起しているっ」

「バカいうんじゃない」

新垣唯子に股間を指さされて、困惑してしまった。

「私の脚見て、勃《た》っちゃたんですか？」

そうじゃないともいえない。新垣唯子よりもはるかに熟した潮村早苗を思って勃起していたともいえない。

「いやいやいや……そういうことじゃなくて」

「だって、大きくなっているじゃないですかぁ」

「おまえ、そんな眼で見るなよ。いやらしい匂いがするぞ」

邸の中から甘い匂いがしてきた。いや邸の方だと思ったのは錯覚に違いない。これは新垣唯子の匂いだろう。相川はそう思った。邸から香水の匂いがするはずがない。甘くて濃厚な匂いだ。

「相川さんのほうこそ、いやらしい眼をしている。私、眼で太腿舐められているみたい」

「嘘だろう。俺、そんなこと考えてもいないぞ」

そういっているのに、新垣唯子はスカートの裾をグイと上げてしまった。パンストの濃い色をした部分があらわれる。月灯りの下で腰部全体が見えた。

「どうせなら、真ん中を見て。わたし、処女じゃないから平気」

黒いパンストの網目の下から真っ赤なパンティが見えた。新垣唯子はこんなパンティを穿いていたのか。上原亜矢に比べて、いつも楚々とした感じで振る舞っているのに、パンストの下にこんなにいやらしい下着をつけているなんて、女はわからない。

「処女じゃないのはわかったから、早くしまえ。おかしいだろう、こんな道端で、スカート捲《まく》っている婦警って」

「だったら、中に入りましょう」

「ここは一人用だぞ」

トイレの個室ほどの大きさしかない警備小屋に新垣唯子とふたりで入ってしまった。正確にいえば、押し込まれた。

前の通りに人の気配はない。邸宅ばかりが並ぶこの界隈。車は通っても人が歩いてくる気配はほとんどなかった。

目の前に新垣唯子の顔があった。瞳がトロンとしている。唇が濡れていた。

相川は高揚する気持ちが押さえきれなくなっていた。

そのとき、股間を握られた。新垣唯子の細い指で、紺色のズボンの上に姿形をくっきり浮かべている肉根を、力強く握られた。肉の芯がさらに張る。トランクスの中で押さえつけられている亀頭が苦しくなってきた。

「私、小栗さんより、相川さんの方が好きです」

熱を帯びた眼差しと同時に、はっきりとそういわれた。

「えぇえぇーっ」

「だめですか？」

胸を押し付けられた。制服の胸ははちきれそうなほどに膨らんでいた。やはり上原亜矢よりも、新垣唯子の方が何もかも大きいのだ。

相川も自然に腕を伸ばしていた。ごく自然な衝動だった。指先が新垣唯子のスカートの前身頃を捲っている。

そのまま指を潜り込ませた。股間を触る。パンストのざらざらとした感触があった。指を強く押してみる。

「あぁぁ」

目の前で新垣唯子の顔が歪んだ。光る色のカラーを塗った唇が、半開きになった。上下に曳《ひ》かれた唾液の糸がいやらしい。相川は一気に昂《たかぶ》らされた。

指をもっと強く押す。頭の中に、黒いパンストと赤いパンティが窪みに落ちていく像が浮かぶ。握られたままの男根が、ぶるぶると震えだした。

「苦しそうですから、出しちゃいますね」

新垣唯子にファスナーを下げられてしまった。トランクスの前口から、勢いよく引き抜かれる。肉杭が露出されてしまった。新垣唯子に生で握られる。人生二度目の女の指の感触だった。

一度目が済んだばかりなのに、二度目は早かった。

「おいっ。ここは番所の中だぞ」

相川はさすがにあたりを見回した。人の気配などどこにもなかった。ただし、いま真木課長からメールが飛んできたら、どうすればいい?

「誰もいません。擦《こす》るぐらい平気です。私、相川さん、好きですから」

突起を擦ってもらう誘惑。突撃の義務。どうする?

とりあえず、メールはまだない。相川は自分も新垣唯子のパンストの上縁から手をこじ入れた。

パンストのゴムが手首を押すので、きつくてたまらなかったが、必死に指を下降させて、陰毛にたどり着いた。

フワフワしていた。

視覚にたよらず、指先の感覚だけで侵攻するのは、たまらない昂奮だった。相川は荒い息を弾ませた。

「相川さん、私のこと、どう思いますか？」

「好きだ」

告白をし合っている場合ではないのだが、後戻りできないような状態になっていた。

指を肉陸《にくりく》に向かって進めるたびに、新垣唯子は大きなため息をついた。もう一歩だった。

相川はパンティの上縁から手を入れると、女の粘所までは、とても遠いものだと初めて知った。陰毛まで進んだ指をさらに伸ばして、肉縁に触れた。少し膨らんでいた。ここが女の泣き所だろうか？　少し押してみた。

「あんっ」

新垣唯子が眉根を下げ、口を大きく開けた。顔全体が溶けて見える。

太腿をはげしく寄せ合わせている。手首がきつくなった。

これ以上先に指を進めるには、手の甲をもっと下方におろして、大きく曲げなければならない。

視線を下げると、お互いの手が交差していた。新垣唯子の白い手がこちらの肉をしっかりと握っていた。自分の手はパンストの中に潜り込んでいた。新垣唯子の股間がもっこり膨らんでいる。俺の手だ。

相川はグイとパンストのゴムを拡げた。パンティの上縁も破けそうなほどに拡げた。

中から濃密な匂いが噴き上げてきた。香水の匂いとは違う。生々しい牝《めす》の香りだった。これが女の発情というものか。

湿った粘膜の上に指が乗った。割れ目の真ん中に入ったみたいだった。ヌルヌルとしている。女の場所を触るのも人生で二度目だった。穴はもっと、下だった。どこだ？　想像以上に遠くにある。これだったら、尻の側から手を入れたほうが早かったんじゃないか？

指を伸ばした。ぬるっ。より一層深い窪みに落ちた。どろどろしていた。

「だめっ。私、本当は処女なんです。指も入ったことないんです」

「なんだってっ」

相川は眩暈《めまい》を起こした。

こんなところで、こんなときにいうなっ。そういいたかったが、傷つけたくはなかった。

「わかった。そしたら、今度もっとちゃんとしたところで、やろう」

「はいっ。その代わり、私、舐《な》めます。初めてですけど、舐めます」

いうなり新垣唯子は、しゃがみ込んだ。あまりにも急だったので、パンストに相川の手首が絡み、ビリビリと裂けた。新垣唯子は気にしなかった。

「相川さんが、私のことを見て勃起してくれたの、本当に嬉しいです」

狭い警備小屋の中で、屈みこんだ新垣唯子に咥《くわ》えられた。すっぽり咥えられた。

「しゃぶるのも初めてなんです。だからへたくそかも」

生温かい口腔内に肉塊を収めて、新垣唯子は頭を振りだした。唇をしっかり結んでいる。

いいっ。たまらなくいいっ。相川将太は、眼を瞑《つぶ》って顎を突き出していた。

ポケットの中で、携帯が震えていた。おそらく真木洋子からのメールだ。取らなくてはならない。

しかし、いまは……いまは無理だ。

4

洋子は扉を開けるなり、ポケットに手を入れ、空メールを送っていた。本能的に押していた。

部屋の中の光景は想像を超えていた。

「見ないでっ。あなた早く出て行って」

叫んでいたのは、潮村早苗だった。部屋の中央の柱に括《くく》りつけられている。真っ裸だった。座らされている。

熟れ盛りの身体に赤い縄が幾筋も回っていた。

巨乳の上と下に縄が張ってあるので、よけいにせり出して見える。汗というよりも、透明な液体を塗られでもしたかのように、乳山が光っていた。乳首は破裂でも起こしそうなほどにしこっている。

「潮村先生……」

呼びかけたものの二の句が継げなかった。見た瞬間から洋子は喉《のど》がカラカラに乾いてくるのがわかった。

潮村の両脚は閉じられていたが、左右の足首にも縄が打たれていた。

「幹事長、潮村先生に、どうしてこんな仕打ちを」

「この女は、私の方針に従わなかった。歌舞伎町の旧来の組織を潰せといったのに、実際には新闘会とできていた。それでは利権構造の変更にならない」

「それは……どういうことですの？」

洋子は仲間割れをしているふたりを見比べた。

「とどのつまりは、弟が可愛くなったのさ。われわれの手先として使わせたくなくなったということだろう」

杉浦大二郎は黒の兵児帯《へこおび》を解きながらいっている。銀鼠色の着物の袷が割れて、白絹の肌襦袢があらわれた。褌《ふんどし》は付けていなかった。肌襦袢の腰紐の下からすでに隆々となっている男茎を抜き出していた。コーラの瓶のような色の肉茎だった。

潮村早苗が繋がれたまま首を振っている。

「それは杉浦先生たちが、風俗だけではなく、弟に脱法コスメなどをつくらせたからです。風俗に関しては、私も女の立場を捨てて、理解を示します。たしかに必要悪な部分もあって、その利権を固定するのは、特定の政治家だけが利することになる。ですから私は政局を考慮して、杉浦先生に協力しようとしたんです。しかし、ドラッグだけは許せません。あぁああ、いやっ」

潮村早苗は悶《もだ》え声を上げている。

「早苗ちゃんの弟さんは、本当に良い薬を作る。合法の化学薬品の組み合わせだけで、これほど効果のあるものを精製したんだからな。しかも錠剤でも粉末でもない。液体のままでもない。噴射しても効果のある成分にしたのは、まさに発明に近い。ほれ、もう一噴きしてやろう。簡単に誰でもエロ狂いにすることが出来る」

杉浦大二郎はヘアスプレーのような容器を持ち、潮村早苗の乳首に向かって噴射させた。

「ぁああっ、直接粘膜はだめぇええ」

泣き叫ぶ女性国会議員に向けて、左右交互に三回ずつ吹きかけた。

潮村早苗の表情が一気に変わった。頰がピンク色に染まり、目が虚《うつ》ろになった。

洋子が眼を見張ったのは、潮村早苗の乳首だった。ビクンビクンと痙攣を起こしている。

「ぁああっ。乳首を触って。舐めて、嚙んでっ」

潮村早苗が声を嗄《か》らしている。淫液の成分が粘膜を通じて肉体に溶け込みだしたらしい。猥褻《わいせつ》感に身を躍らせている。そのたびに縄が食い込むのだが、潮村早苗はすでに、痛感すら持ち合わせなくなっているようだった。

あるのは性感のみなのか。

「いまさら、遅いわな。ここまでドラッグを進化させてくれれば、もう直人君も無用じゃ。マトリにでも捕まえてもらおうと、情報を流したのに、早苗ちゃんは厚生労働省にも手を打って、逃がそうとした。もう、ここらで、姉弟ともに、麻薬取締法違反で逮捕された方がいい」

杉浦大二郎は真っ裸になっていた。なんで裸になる。ここで潮村早苗を犯すのか？

「どうする、おつもり」

「このまま、姉弟で合体してもらって、六本木のクラブの床に転がそうと思う。六本木の刑事課が逮捕してくれるだろう」

壁の額縁を外した。ルノワールの「裸婦」の模写だった。ガラス窓があって、隣の部屋が見えた。

部屋にはおびただしいほどの映像通信機器が置かれていた。まるで警視庁交通センターの指令室をコンパクトにしたような部屋だった。

モニター画面が幾つも並んでいた。小栗順平が見たら喜びそうな装置だった。

麻布十番の倉庫が映っている。上原亜矢の尻に金属バットが埋め込まれていた。上原亜矢はよがっていた。岡崎雄三の男根と金属バットを同時に受け入れ、腰を振っている。顔は喜悦に満ちていた。

杉浦邸の玄関前も映っていた。警備小屋しか見えない。誰もいない。相川はどうしている？　すでに突入して、どこかで捕らわれてしまったのか？

画面も気になったが、その部屋の中央に居るふたりの男に驚かされた。

中央の椅子に潮村直人が座っていた。正確には座らされていた。椅子に裸で括りつけられている。その横に拳銃を構えた平山勝彦が立っていた。警察庁ＯＢの議員、平山勝彦だ。

数時間前に、六本木のクラブで、直人の手下と談笑していた男だ。

「政治家は、裏切りが常でね。昨日の敵は、今日の友。それも日々変わる。平山を嵌《は》めようとした、直人がまんまと嵌められた。まぁ、オセロゲームのようなものですな」

ガラス窓の向こうで、平山勝彦がこちらを向いてにやりと笑った。

「平山さんとはね、南米とロシアの利権を分割することで、握手したんだよ。平山君がロシアだ。これで歌舞伎町の古手のヤクザが握っているアジアルートを壊滅できる。平山さんなら、外事課も抑えられるしね。資金の還流も楽になる」

そういうことか。民自党の守旧派の連中が五十年以上もの間、掌握していた売春ルートを横取りするつもりなのだ。

しかも国際犯罪組織と堂々と取引するつもりなのだ。

「幹事長。そんなお金で、総理の座を手に入れても、あまりにも汚なすぎます」

「それが政治だよ」

ガラス窓から顔を離した杉浦大二郎が、洋子の眼を見据えた。股間の黒棹を扱《しご》いている。

洋子は青ざめた。はじめて杉浦の狙いが自分であることに気づかされた。

「何をなさる」

「あなたにも、薬物中毒になってもらう」

杉浦大二郎がスプレーを取り上げた。

「何をする気ですか。私は警察ですよ……」

吹きかけられた。首元だった。ひんやりした。合成化合物だろうが、麝香《じゃこう》のような香りがする。濃厚な匂いだ。

洋子は腕を上げ、鼻孔を塞いだ。とにかく相川が駆け付けてくれるまで、耐えなければならない。

杉浦は天井に向かって、スプレーを放った。何発も放った。殺虫剤でも撒くかのような勢いだった。部屋中に霧状になった催淫液が降ってくる。

杉浦大二郎の顔が歪みはじめた。潮村早苗は卑猥な言葉を連発し始めていた。女性器の隠語を叫んで、ぶち込んで欲しいと懇願している。

扉が開いた。

相川が加勢にきたかと期待して顔を向けたが、入ってきたのは、平山勝彦と縄に繋がれた潮村直人だった。平山は拳銃を握ったままだ。

直人は床に転がされた。怒りに満ちた顔を杉浦大二郎に向けたが、すでに勝敗が決しているように見られた。

「半グレがいかに騒いでも、本職には勝てないことがわかったろう」

杉浦大二郎は勝ち誇ったように、直人の全身に向けて、スプレーを掛けた。

「うわぁ」

汗のように肌の上に浮く液体がからだの隅々にまわっていく。

「まぁ、半グレといっても、六本木の田中会からしてみれば、所詮子供の仲良しグループですよ」

今度は平山勝彦がいった。松重のオリエンテーションによれば六本木の田中会は警察にとって与党任侠会だった。つまり平山が田中会を動かしたのだ。

「直人君、もう無駄や。六本木はとりあえず、田中会の直営に戻す」

平山勝彦がスーツを脱ぎはじめた。すぐに真っ裸になった。平山は盛んに鼻を鳴らして、部屋中に籠《こも》る淫の匂いを吸い込んでいた。

コカイン中毒の男のような鼻の鳴らし方だった。

この部屋の中で、服を着ているのは洋子ひとりになってしまった。

「幹事長。直人の縄をほどく前に、早苗ちゃんのお股を開こうや」

平山が床に置かれている縄を拾った。潮村早苗の右足に付けられた縄だった。

「そうだな。準備万端にしよう。そうすれば、あとは挿《さ》し込むだけだ」

杉浦大二郎が左の縄尻を取った。拳銃はそれでも離さない。

洋子はなによりも暴発を恐れた。拳銃に対する知識はある。セイフティはすでに外されていた。

潮村早苗の瞳が輝いた。もう完全に淫気で飛んでいる眼だった。

ふたりの老政治家は、共に薬玉《くすだま》でも割るように呼吸を合わせ、勢いよく縄尻を引いた。

まるで新幹線開業の式典のように見えた。自分もすこしは薬が回っているのだろうか。

「いやぁああ。おま×こが、開くぅう」

潮村早苗が絶叫した。悲鳴というより歓声に聞こえるのは、気のせいか。

完全に左右に拡げられた股の谷間は、同性の洋子が見ても、あきれるほどに濡れていた。肉が踊っている。茶褐色の縁がみだらに口を開け、中のピンク色の粘膜の上が白濁していた。

淫らというより、グロテスクである。

「おぉお、早苗ちゃん、煮立っている」

平山勝彦が縄を引きながら、生唾を呑んだ。煮立っているとは、的を射た表現だと思った。女肉がまさに沸々と蠢《うごめ》いている。

「先に挿したらどうだ」

杉浦大二郎が顎しゃくって促している。

「真木さん、この縄を頼む」

平山勝彦にいわれた。この縄を持つというのは、共謀にあたる。たとえ脅迫であっても、避けなければならない。

「それは出来ませんっ」

洋子はまたきっぱりと答えた。

「まったく、最近の若いキャリアは、融通がきかない。大先輩のわしの頼みが聞けないというのか」

平山勝彦は不満そうな顔をした。先輩ぶるな。後輩女子の前で、勃起と睾丸を曝している癖に、融通がきかないとは何事だ。洋子は腹の中で、叫んでいた。

平山勝彦が拳銃を天井に向けたまま、脂肪のたっぷり詰まった腹を潮村早苗の腹の上に置いた。対面するような形で、互いの結合点を探っている。潮村早苗は片足首の縄を離されても、股を閉じなかった。みずからも、尻を揺すって近づこうとしていた。女の浅ましさを、洋子は目の当たりにした。

洋子は目を伏せた。ところが杉浦大二郎に腕を摑《つか》まれた。前に引っ張られる。目を開けると、潮村と平山の肉が繋がろうとしていた。

「いやっ、真木さんには見られたくない」

潮村早苗が尻を引いた。

「いやなのは、私です。見たくなんかありません」

女のあんな小さな孔に、男の肉幹など信じられなかった。

「あっ」

潮村早苗が口を開けた。眉が吊り上がる。平山勝彦の男根が割れ目の中にめり込んでいた。こんな光景に遭遇するなど初めてだ。あたりまえだ。自分でも経験したことがないのだ。ましてや他人の性交など、知るわけがない。

「うぉ〜う。潮村早苗ちゃんの真中《まんちゅう》は温かい」

平山勝彦が腰を振りだした。

「姉さんっ」

直人が身体を転がしながら叫んでいる。目の前で姉が蹂躙《じゅうりん》される姿を見せつけられて、さすがに怒り狂っているようだった。

これは地獄絵だ。

地獄絵はこれで終わりではなかった。

杉浦大二郎がいきなり襲いかかってきた。肩を押されよろけたところを、足払いを掛けられた。

老人のはずなのに、俊敏な動きだった。これもこの催淫スプレーのせいだろう。

洋子は四つん這いになりながら床の上を逃げまわった。ポケットの中の携帯のメール送信ボタンを何発も押した。

早く、早く来て欲しい。まったく反応しない相川に怒りを覚えた。

「真木君。あんたもこのドラッグを身体中に浴びて、セックス地獄に落ちるんだ。そしたら、みんな仲間になる」

杉浦大二郎は、完全に狂乱していた。

「いやです、私は絶対にいやです」

冗談じゃない。こんなところで、こんな形で、処女を犯されてなるものか。別に頑《かたく》なに守って来たわけじゃない。性交を軽蔑しているわけでもない。普通に性欲もあれば、自慰だってする。たまたまチャンスがなかっただけだ。

しかし、ここで、やられるのだけはごめんだ。

「絶対にあなたたちを逮捕します。杉浦大二郎っ、婦女暴行罪の現行犯です」

洋子は叫んだ。怒りに唇を震わせながら叫んだ。

「お嬢ちゃん。ここをどこだと思っている。わしの家だ。しかもあなたはひとりで来ている。誰が証言するんだね」

背後から尻を押さえられた。スーツパンツの上縁に手がかかる。洋子はベルトをしていなかった。

物凄い力で引っ張られた。パンツが引き裂かれた。尻の上層部から縫い目が縦一文字に裂けた。

「ほほう。白いパンティか」

凶暴な獣と化した杉浦大二郎が、そのパンティも引き下げようとしている。尻がツルンと半分剝けた。割れ目を老獪な政治家に覗かれたと思った瞬間に、後ろ足で蹴り上げていた。とっさの抵抗だった。

「うわぁっ」

足裏が杉浦大二郎の痩せた胸に当たったようで、身体ごと吹っ飛んでいた。

「おぉお」

こちらに背を向けて、ピストン運動をしている平山勝彦の背中に体当たりしていた。

「おっと。思い切り深く入ってしまったじゃないか」

平山が振り返った。銃口を洋子に向けている。

撃てるわけがない。洋子は直感した。大邸宅であっても純和風建築。木造の家だ。こんなところで銃声をあげたら、一発で外の人間に知れる。平山ともあろう者が、単なる威嚇で、発砲などできるわけがない。

洋子はそう踏んだ。扉に向かって這った。ドアノブに手をのばす。

銃声が鳴った。耳を裂くような金属音だった。洋子の手のすぐ真上、ドアノブの五センチ上で煙が上がっていた。

コトンと銃弾が落ちる音がした。

木製に見える扉の内側には分厚い鉄が埋め込まれているようだった。

「どうせノブをまわしても、開かないがね。わしが入った時に、オートロックを掛けた」

正確な威嚇射撃だった。洋子を狙おうと思えば、撃ちぬけたはずの腕前である。

洋子はその場に凍りついた。

5

「この邸は、一見鄙《いっけんひな》びた古屋敷に見えるが、実は要塞でね。この部屋も防音されている。誰も助けには来てくれんよ」

洋子は扉に背をつけて座っていた。その前に杉浦大二郎が立っていた。

「外面は風流人。中身は将軍。これも政治家のありようというもの。人間どこまでいっても変わらないのは、色欲ぐらいの物じゃ。これだけは儂も隠しようがない」

洋子の顔の前に勃起があった。

天狗の鼻というたとえは何度も聞いたことがあるが、いま目の前で見る男根は、まさにだ。伝統的な例え話は、信頼できるものだ。

「しゃぶってもらおう」

洋子は首を振った。

「幹事長。ややこしいことはしない方がいい。その女に下手に咥えさせたら、嚙み切られますぞ」

平山がいっている。潮村早苗の縄をほどき、すでに正常位で交接していた。

銃口を今度は潮村早苗の額に当てていた。

先ほどの発砲の音で、すっかり怖気《おじけ》づいたのか、潮村早苗は恐怖に顔を引き攣《つ》らせたまま、男根を受け入れていた。

「あぁぁ。お願い、撃つのだけは止めてください……あぁあ、感じます」

縋《すが》るような目で、平山の顔を見上げている。

女傑としてマスコミの前でも横柄に振る舞っていた姿は微塵《みじん》もない。

その横に縛られたままの弟が寝かされている。薬品が回っているのだろう。縄と縄の間から露出された男根が勃起していた。

「噛まれたんではかなわないな」

杉浦大二郎が、ジャケットに手を掛けてきた。洋子は払いのけた。一秒でも多くの時間を稼ぎたかった。

相川は何をしている。麻布十番のチームはまだ飛び込んでもいないのか？

早く全員で救出に来て欲しい。

思いきり顔を張られた。平手打ちだった。洋子は顎《あご》まで痺れさせられた。

「自分で脱げっ」

首を振ると、今度はジャケットではなく白ブラウスのボタンを引きちぎられた。

「女も法案も、わしは手間がかかるのが、嫌いだ」

両手でブラウスの前をこじ開けられた。びりびりとブラウスが破れ、胸が露わにされた。

白いブラジャーが爆《は》ぜた。レースの縁取りがしてある。

杉浦大二郎に押し下げられた。乳房とピンクの突起が曝《さら》される。

「いやっ」

洋子は唇を噛んだ。追い詰められたが、どうすることも出来ない。

「その子、乳首が感じるわよ。んんんっ。平山先生、大きい。あぁあ、クリトリスにそんなにぶつけないでっ」

潮村早苗が涙目になって叫んでいる。

杉浦大二郎が、すっと手を伸ばしてきた。

「いやっ」

洋子は眼を瞑《つぶ》った。両方の乳首を同時に摘まれた。潮村よりソフトだった。脂気のない老人のかさつく指で、潮村早苗よりは小さいと思う乳首を、やわやわと揉まれた。

不思議な気持ちだった。むず痒い。だけれどもジンジンとした快感がある。これを触っているのは、醜悪な顔をした老人だとわかっているのだが、払いのける気持ちになれないのは何故だ。

「やっとおとなしくなったなぁ。気持ちがいいのか？」

鷹のような眼で、覗かれた。羞恥で総身が火照った。屈辱という言葉があるならば、それ以外の何物でもない。

杉浦大二郎が四つん這いになって、薄い唇を近づけてきた。乳首の前で息を吹きかける。加齢臭がした。洋子は運命を呪った。

呪ったが、抵抗は出来なかった。

右の乳首を吸われた。

目の端に映る男の睾丸を蹴り上げてやろうかと思ったが、その瞬間に平山が振り返った。色欲に溺れきった瞳をしていた。次は殺されるかもしれないと思った。

乳首を舌で舐められた。下から上へと舐めあげている。

「ぁぁぁあ」

無反応を装うしか抵抗手段がないと知りつつも、次第に乳首はしこってきた。最悪の条件下でも、女の身体は性感を覚えるのか。これほど不条理な肉体の構造とはなんなのだ。

ぴちゃぴちゃと卑猥な音を立てながら舐められつづけ、乳首の尖端から乳山の麓、そして下腹部へと向かって、得体の知れない疼きが落ちていく。

杉浦大二郎は、右の乳首だけを舐める。なにかに取りつかれた老人のように、片方だけをしゃぶり、舐めるのだ。

気づくと洋子は左の乳首を触ってほしくてしょうがなくなっていた。自慰の時ならとっくに左にも涎を塗った指を這わせている。

触って欲しい。いや、そんな言葉は死んでも吐けない。悟られてはいけない。

目を閉じると、呻いてしまいそうだったので、洋子は必死に目を見開いて、杉浦大二郎の白髪を見つめていた。

どれぐらい舐められていただろう。右の乳首が蕩《とろ》けてもげ落ちそうな感覚に捉われた時ようやく、唇と舌から解放された。

左乳首は疼いたままだったが、洋子は歓喜の声だけは上げずに耐えた。

もう相川が来てもよさそうな時間だった。

まだ来ない。相川は捕まったのだと、覚悟した。

ジャケットは自然に脱げていた。黒のスーツパンツの前ホックを外された。白のパンティが今度は前から曝《さら》された。

「いやっ」

杉浦大二郎にスーツパンツを尻側から引っ張られたときに、パンティも下がっていた。前から開けられた瞬間に、陰毛がはみ出しているのを見られた。

黒い茂りの上三分の二ぐらいが露出してしまっていた。

パンティから陰毛をはみ出させているぐらい、女にとって恥辱はない。だらしない女そのものの姿だ。

「いいオケケじゃのう」

杉浦大二郎の淫乱な目が、さらに輝きを増した。

スイッチを入れてしまったのだ。

一気にスーツパンツとパンティを同時に剝ぎ取られた。

「いやぁああああああああ」

自分でも信じられないほどの大声を挙げていた。股の秘裂が男の眼前に晒されたのだ。

杉浦大二郎は剝ぎ取った衣類を潮村直人の身体の上に投げ捨てた。パンティが直人の顎のあたりに落ちている。最悪だ。あの男は匂いを嗅ぐだろうか。

「おうおう、よく濡れておる」

足首が持ち上げられ、乳房の上に置かれていた。身体が丸められ、赤ん坊がおむつを交換するような体勢にされていた。

小首を上げると陰毛だけではなく淫肉までが見えた。こんな体勢から、自分の性器を見たことなどない。あたりまえだ。こんな格好にさせられたことがないのだ。

杉浦大二郎に鼻先をつけられた。クンクンと匂いを嗅いでいる。

「やめて、匂いなんか嗅がないで」

たぶん自分は、耳朶《みみたぶ》まで真っ赤に染めているだろう。男が自分の秘肉の上に鼻をつけているのだ。誰にも見せたことがない大切な場所を覗き、匂いを嗅いでいる。

「いやっ、いやっ、もう許してください。なんでもいうことを聞きます」

プライドがなくなった。これ以上の恥辱に耐えられそうにない。

処女だと告白して、許しを請おうとも考えたが、それでは、相手を挑発するだけだと、まだかすかに冷静さは残っていた。

「誰でもいいから、助けに来てっ」

洋子は喉が張り裂けそうなほどの声を上げた。自然に涙が溢れ出てくる。鼻水も垂れてきた。

足首が自分の顔の寸前に迫るほどに、身体が折り曲げられている。失禁しそうだった。肉陸がざわつきだしている。

「挿してやる。わしの女子《おなご》になれ」

杉浦大二郎がついに亀頭冠を淫穴の上に置いた。

「いやぁあああ。絶対にいやぁあああ」

無我夢中で叫び手足を動かした。

ふたたび銃弾の音がした。平山勝彦が潮村早苗の右耳の脇で撃っていた。床に向かって撃っていた。硝煙が上がっている。

潮村早苗が泣きながらいっている。

「真木さん、この人たちは本当に撃つわ。もうあなたも覚悟を決めて、幹事長の女になるしかないの。抵抗しないで、嵌めて。早く。そうじゃないと私も生きてここから出られない」

潮村早苗は必死に平山勝彦をなだめるように腰を打ち返していた。半身を起こして平山の乳首も吸っている。

生きなければならない。生きてチャンスを待たなければならない。

洋子は抵抗を止めた。身体は小刻みに震えたままだ。それでも気持ちはまだ受け入れる気になれない。

「可愛らしくなったな。暴れ馬ほど手に入れた時は、愛おしい」

亀頭が押された。せめてもの抵抗として、淫穴をしっかり締めようとした。

「はっ」

股に力を入れたところで締まるものではなかった。

「んんっ」

亀頭の弾力で穴が拡がった。自分でも驚くほど、中から粘液がこみ上げて来ている。蜜が膜を張り、男頭の侵入を防ごうとしているようだ。

ちゃぷっ。あっけなく蜜液は押し戻された。容積を超えた蜜が侵入してくる弾頭をくぐりぬけ、穴の外側に漏れていく。

亀頭が入ってきた。股の中心が歪む感覚に襲われる。口に拳骨を突っ込まれたら、こんな感じではないだろうか。穴の縁が破けそうだ。

むりっ。

洋子は無意識に四肢をばたつかせた。泣きじゃくる赤子のように手足を動かした。

「狭い。これは狭い」

杉浦が一度動きを止めた。身体中に玉のような汗を浮かべている。挿入するほうも苦しそうだ。

「無理です、私にはこれほど大きな物は入りません」

諦めてもらいたくて、懇願した。

「しおらしいことをいう」

逆に杉浦を燃えさせただけだった。亀頭を入れただけの状態で止められていたので、少しだけ慣れた。肉路の入り口付近だけは、次第に弛緩し、男根に馴染みだしていた。

「ゆっくり、楽しませてやる」

不敵に笑った杉浦が膣の浅瀬だけで摩擦をした。

「あっ、あっ。あっ」

洋子は初めて呻いた。

これが接合の歓喜というものだろうか。

しかしまだ貫かれたという意識はない。

それよりも浅瀬で動かされると、膣壁上方からの腫れ下がった部分にやたらと雁首が当たって、妙な気分にさせられた
不快ではない。しかし快感とも違う。自慰はしていても、クリトリスだけでいっていた。穴に指を入れたことはない。穴の中の感触は未体験だったので、不思議な気がした。ここには何がある？

くちゅくちゅとその部分をなんども摩擦された。

脳内に花火が飛び散る。

くすぐったい。身体が浮遊させられる。ここがたぶんGスポットだ。

膣肉は硬いに違いない。しかし、このポイントばかりを擦られているうちに、あちこちに緩みを感じた。膣路だけではない。脳も全身も緩んでくる。

「んんんっ」

口から甘い声を漏らしてしまう。

ちゃぷっ、ちゃぷっ、と膣底からこみあげてくるものがあった。

蜜ではない。もっとさらさらとした液だ。

「ぁあぁっ」

杉浦はこちらの気配を見てとったのか、猛烈に腫れ物を擦りたててきた。

「んんわぁああ」

一気に湯水がこみ上げてきた。こらえきれない。これはなんだ。

杉浦にそれでもなおかつ男根で摩擦された。執拗な摩擦だった。

「いやぁあ。なんか漏れそう」

そう、漏れそうな感じだった。

あまりの展開の速さに、気が狂うのではないかと思った。

「ぁああああああ」

鉄砲水のように昇ってくる湯水に対抗するように男根が押し入ってきた。

「いやぁあああ。押さないで、押さないで……」

膣壁がむりやりこじ開けられる。

「むり、むり、むりっ」

洋子は唇をきつく結び、激しく首を振った。

膣筒の中央で、上から入ってくる男根と下から噴き上げてくる塩水が交錯した。はげしく反発しあった。

喪失の際に聞いていた、痛いとか、きついとか、そんな感じはなかった。

膣の中で何かが激突するような感じだった。

「うぎゃぁぁああ」

およそ、女の声とはいえない、獣じみた声を上げていた。

亀頭がものすごい速さで、子宮めがけて降ってくる。とてつもない摩擦を巻き起こしながらだった。

圧迫された潮水が縁から盛大に溢れだしていた。

「はぁ～ん」

最後は情けない声になっていた。いつの間にか後頭部を床に押し付けたまま、背中をしならせていた。

貫通させられたのだ。股に鉄柱を打ちこまれる感覚がした。

こんな現場で、貫通されてしまった。

「いい穴だ。わしはこれほど狭い穴を知らん。しかも挿入と同時に潮を撒くとは大した身体だ」

杉浦大二郎は、男根を根元まで挿し込んだまま、額の汗を拭っている。

洋子は部下たちを恨んだ。

諸君たちの現場到着が遅れたせいで、私の処女膜が殉職したのだ。

生きて帰れたら、ただではすまさない。

「あんっ」

いきなり男根を引き上げられた。なんだこれは。押された時とは微妙に違う。膣壁が逆撫でされるのは、気持ちがいい。

「あぁああ」

ちゃんとした歓喜の声を上げていた。なんだこれ。

また押された。一度目とは違う。

「んんんんっ」

自分の膣壁のほうが男根にしがみつきだしている。いやだ。自分がいやだ。

「はっ、うっ。いいっ」

いいっ……なんてなぜいうのだ。洋子は自分が信用できなくなってきた。

杉浦大二郎が、激しく腰を律動させてきた。

「いやっ、いやっ、そんなに早く動かさないで」

気づくと杉浦の背中に手をまわしていた。自分からしがみついている。ピストンされた。硬かったはずの膣肉が徐々にやわらかくなりだし、歓喜の根源がこの摩擦にあるのだと、教えられ始めた。

屈辱の歓喜だった。

「いやっ。はぅう」

自慰では知っている極点が、いったい、いつやって来るのかわからない。

洋子は、恥ずかしさと、もどかしさと、気持ち良さで、気が遠くなってきた。

いくっ。そんな気がした瞬間だった。

扉が突然開かれた。

「課長。すみませんっ。このオートロックの開錠に手間取りました」

真っ先に飛び込んできたのは小栗順平だった。頭にインカムをつけて、手には解析機のような物を持っている。そのまま、あんぐりと口を開けて、洋子を見おろしている。

洋子は正常位で結合している状態だった。股を隠すとか、腰を引くとか、そんなことでごまかせる場面ではなかった。

ぐっさり男根を刺されて、頂点を極める寸前だったのだ。

続いて松重豊幸が踏み込んできた。こんな場面は見慣れているという様子で洋子をまたいで行った。

脚を大きく振り、平山勝彦の拳銃を蹴り上げていた。

平山勝彦は口から泡を吹いていた。相当前から脱法コスメにはまっていたのだろう。あきらかにやり過ぎだった。

松重に続いて入ってきたのは見知らぬ男たちだった。五人ほどいる。ひとりが潮村早苗に向かって一礼している。

「潮村先生、ご無沙汰しております。ご指示に背いて申し訳ありませんが、これは総理じきじきの命令で」

厚労省のマトリのようだ。

潮村早苗は顔中に精子を被っていた。目が血走っている。

「先生も同行願います」

「何をいうの？　私はご覧のとおり被害者よ。ここに拉致されて監禁されていたのよ」

「お話は、関東麻薬取締事務所でお伺いします」

弟の直人も引っ張り上げられた。

床に拳銃が転がったままだった。

杉浦大二郎が、ゆっくり男根を抜こうとしていた。抜きながら拳銃に手を伸ばしている。拾い上げた。

「杉浦幹事長。逮捕します」

松重がいった。

「うちは令状を取っている。こっちが先だ」

マトリが札を拡げて見せた。

すぐに岡崎雄三が入ってきた。マトリの一人とは顔見知りのようだった。とにかく無事でよかった。

松重がマトリに詰め寄った。

「あのな、厚労省さんよ、目の前にあるのは、婦女暴行《つっこみ》の現場だぜ。警視庁の管轄だろよ」

松重が杉浦大二郎の前に一歩出た。

「危ない。拳銃を持っているわよ」

洋子は叫んだ。やっと股間を押さえることが出来た。杉浦大二郎が男根を抜くときにまたＧスポットを強く擦ったので、ジーンと痺れていた。

洋子はまだ絶頂を得ていなかった。イライラしていた。松重と杉浦大二郎を見上げながら、股の真中《まんちゅう》の穴に密かに指を入れた。一度挿入を果たすと、自信につながる。Ｇスポットをもっと弄《いじ》ってみたい。

「いや、危害を加えるつもりはない」

杉浦大二郎は静かにいった。

「恥は若者にとっては名誉だが、老人には屈辱でしかない」

アリストテレスの名言を吐いた次の瞬間、杉浦大二郎は、拳銃をこめかみに当てた。

洋子はＧスポットを押しながら見ていた。もう一押しで極点だ。全員が杉浦大二郎を見ていたので、洋子はクリトリスも潰した。

股底でまたちゃぷと音がした。

「あなたのような屑野郎は、絶対に死なせない。法廷に引きずりだして、天下の前で、恥のすべてを露見させてやるっ」

洋子は足蹴りを掛け、よろけた杉浦大二郎の顔にめがけて放水した。

松重がすぐに手錠をかけた。

「現逮っ。新宿七分署に連行する」

一番遅れて相川将太と新垣唯子が入ってきた。ふたりとも着衣が乱れていた。新垣唯子に至っては、乳房がはみ出し、ストッキングがバリバリに破れていた。

おそらく、自分同様に、どこかの部屋で、暴行を受けたに違いない。深く聞くのは、やめよう。

最後に上原亜矢が、入ってきた。尻に手を当てている。さぞかし痛かったであろう。この子が遅れたことだけは許そう。

「あの真木課長、もう股を締めてください。業務挿入終了です」

上原亜矢に股間を指された。性安課の全員が洋子の股間を見つめていた。

「大成功だったわ」

真木洋子は歌舞伎町のオフィスに全員を集めて、シャンパンで祝杯をあげた。まだ股間がヒリヒリとする。処女膜が破れて三日目だった。

「発足二か月で、政界の黒幕にまで踏み込めたのは幸いでした。これでうちの課の存在意義を高めたのではないでしょうか」

松重豊幸が笑った。この男だけはグラスにビールを注いでいた。シャンパンは苦手らしい。

「その通りです。本庁はこの課を議会に対する、ひとつのポーズとして発足させたのですが、想像以上の展開に腰を抜かしたみたいです」

民自党幹事長杉浦大二郎が、歌舞伎町暴力団の利権争いに絡もうとしていたことや脱法コスメの大元締めだったことに、マスコミは色めきたった。なにしろ次期首相の最右翼にいた男だ。それがとんだスキャンダルをおこしてくれたのだから、格好の餌食になった。それも破廉恥極まりない事件である。

失脚は明らかだった。しかもこれに元厚労省の国会議員潮村早苗が絡んでいたのだから、マスコミは、さらに騒ぎ立てた。

都議会に歌舞伎町の浄化を焚きつけた潮村早苗が、その利権の一端を担いでいたと判明したので、さまざまな憶測を呼んでいる。政界と歌舞伎町暴力団の関係の深さである。

逮捕拘留中のふたりは、まったく違う態度を取っていた。

杉浦大二郎は全面否認しているという。もっとも徹底した家宅捜査がなされ、押収物から、すでにほとんどの指示が杉浦本人であることが判明しているので、いくら杉浦が否認したところで、有罪は間違いない。

潮村早苗はあっさり罪を認めた。早く刑を受け、服役後は麻薬撲滅のボランティアをしたいそうだ。弟の犯罪をこれ以上拡大したくなかったのが本音で、知っていることは裁判でもすべて語ると殊勝だ。賢明な判断である。

弟の潮村直人は、完全黙秘をしている、姉の思いを知らぬとは、まさにこのことだ。杉浦同様、状況証拠が充分なほどに固まっているので、実刑は免れまい。

六本木の半グレ集団は、すでに新しいリーダーをたて、潮村直人を見限っている。新たな事件を起こすことは確実だった。

半グレ対策は正式にマル暴の管轄となり、監視が厳しくなされることになったが、既存の暴力団とは価値感が違いすぎる集団なので、今後どんな行動に出るかわからない。性安課にもすでに新たな捜査命令が出ていた。

この捜査については、あとでメンバーたちに話さなければならない。

それ以前に性安課の運命も変わることになったのだ。

政界が変われば、役所も変わる。永田町と霞が関の常である。

この事件によって、与党である民自党の勢力図は、大きく変わることになった。現在の首相の最大の政敵が消えたのだから当然だ。

少数派閥の出身で暫定政権とされていた現首相に対して、杉浦大二郎は、秋の総裁選に名乗りを上げ、いよいよ本格政権を誕生させると目されていた。

その男が逮捕されたのだ。一夜にして日本の政界は大変動を起した。

洋子はすでに予測していた。もはや、現首相の長期政権となることが決定したようなものだ。

そうなれば閣僚人事も、派閥の消長も変化することになる。いまごろ警視庁上層部はその分析に、追われているはずだ。

洋子はもし自分が本庁にいたならば、おそらく本来の任務ではない、政界戦略の分析に駆り出されていたに違いないと思った。

すでにその兆候は表れている。現に洋子はすでにある内示を受けていた。

警察にとってもっとも重要な問題はＯＢにして有力政治家である平山勝彦がこの事件に連座していたことである。

平山系の人間は一夜にして一掃された。

「おかげで、私たちの運命も変わりました。来月から任務のレベルがはるかに高くなります」

「どういうことですか？」

小栗順平がグラスを置いて聞いてきた。

「性安課は、来月から警視庁の直轄になります。つまりこのメンバー全員が警視庁に配置換えになります」

上層部の派閥勢力の交代により、性安課は、一時的なマスコミ向けの部署から本格捜査部隊へと変貌することになったのだ。

長年平山勝彦をよしとしなかった、新たな人間たちが台頭していた。彼らにとって、性安課は英雄的な存在になったわけだ。

期せずして真木洋子は新体制の上層部から全幅の信頼を得たのだ。

「えっ？」

岡崎雄三が口に付いた泡を拭っている。麻布十番に拉致され、暴行を受けた傷がまだ顔のあちこちに残っている。

岡崎は一件落着になって公安部外事課へ戻れると思っていたに違いない。しかし、今後の任務には、どうしてもこの男の語学力と人脈が必要になる。洋子が人事部に粘ったのだ。

「それって、所轄を超えて、性風俗捜査をするってことですか？」

相川将太は目を輝かせていた。三か月前まで所轄の地域課だったのが、一気に警視庁直轄部門への転属なのだから、飛び上がって喜ぶのも当然だろう。

「そうなります。場合によっては、各署の生活安全課と刑事課のメンバーと組んで、このノウハウを伝授します。すべてこのメンバーであたります」

ノウハウといっても、挿入の覚悟ぐらいのものだが、上層部が買いかぶりをしてしまったのだから、しょうがない。

ノウハウがある振りをするのも所属長の役目だ。本庁管内の所轄署で、処女の刑事を集めて、業務挿入させるのも面白いと思った。

「なんだか、俺たち、スワット（特殊部隊）になったみたいですね」

相川将太は武者震いしている。だいたいこの男が、もっと早く飛び込んできていれば、私はまだ処女だったはずなのだ。まぁ、そのことはいい。永遠に、あの夜処女を失ったことは、隠しておきたい。

「売春や性風俗専門のスワットなんて、かっこいいじゃない」

上杉亜矢が尻を押さえながらいっている。私同様、初めて突っ込まれた穴は、三日過ぎても、さぞかしヒリヒリしていることだろう。

「まぁ、この歳になって歌舞伎町を離れるのは辛いが、この仕事は、奥が深いということがわかった。マル暴として単純にヤクザを追いかけ回していた時よりも、生き甲斐を感じてきました」

松重豊幸がツマミのピーナッツを嚙みながら、また笑った。これほど笑顔を見せる男だったとは知らなかった。

「それと、新垣唯子さん、あなたも庶務兼捜査員になってもらいます」

洋子は隅の方で新たな飲み物やツマミを用意している新垣唯子に声をかけた。

「本当ですか？」

相川将太と同様に瞳を輝かせている。警察に就職した限り、やはり捜査員になりたかったようだ。

「そう。だからあなたにも、どこにでも付いてきてもらうわ。これからはＯＬさんみたいな婚活合コンの時間も持てなくなるわよ」

「そんなのもう、いいんです」

はにかみながら、新垣は相川の顔を見ている。このふたりなんかあったのか？

洋子にはどうでもいいことであった。

歌舞伎町は落ち着きを取り戻していた。

風俗業はふたたび新闘会に一本化されたのだ。

新闘会は自主的に、浄化キャンペーンに協力することで、七分署と手を打っていた。マスコミ向けに適度に本番を摘発させる。さらには、ドラッグを売る半グレ集団は、新闘会が徹底的に警察と組んで歌舞伎町から追い出すことが協定された。暴力組織と警察が手を組むのは、戦後の混乱期以来である。もちろんこのことはマスコミに伏せられた。

歌舞伎町からいったん手を引いた六本木の不良グループキングは、潮村直人に変わる新リーダーのもとで、立て直しを図っている。ホームの六本木に籠《こも》り、化学配合を組み変えたコスメを製造しているという。これには大手薬品会社が関与しているという情報が得られた。マトリックスから得た岡崎の情報である。

薬物はマトリの管轄。それを使ってエロ商売をしている連中は性安課の管轄。これからもコラボレーションしていけそうだ。

「来月から、六本木オフィスに全員異動よ」

「了解しました」

性安課全員が声を揃えていた。完璧なチームが誕生した瞬間だった。

歌舞伎町着任時のような打ち上げ花火はもはや無用だった。マスコミはもとより一般市民にも知られずに、ひたすら深く潜入する特殊部隊に変わったのだ。

真木洋子は、新たな覚悟をした。

翌月、洋子たちは通称シックスナインと呼ばれる六本木9ビルにオフィスを移した。歌舞伎町ではアウェイだったキングの本拠地に乗り込んだのだ。

洋子は手始めに、キングの脱法コスメの頒布役を務めているモデルたちを多数抱える芸能プロダクションに、潜入捜査をかける計画を立てた。

モデルに成りすまして送り込まなければならない。適任がいない。本庁の中から、適当にスタイルの良い子を探そうと思った。この課に臨時配属してもらわなければならない。

署員のプロフィールを見ながら、候補者を探していたら、上原亜矢と新垣唯子が、デスクの前にやって来た。

「あの私たち、あの芸能プロのオーディションに応募しました」

洋子はあんぐりと口を開けて、ふたりを見返した。

「芸能界はそれほど甘くはないと思うけど……」

（了）

実業之日本社文庫 さ31

処女《しょじょ》刑事《でか》　歌舞伎町《かぶきちょう》淫脈《いんみゃく》

2015年2月15日　初版第1刷発行
2016年3月15日　初版第8刷発行

著　者　沢里裕二《さわさとゆうじ》

発行者　増田義和
発行所　株式会社実業之日本社
〒104-8233　東京都中央区京橋 3-7-5 京橋スクエア
電話 [編集]03(3562)2051 [販売]03(3535)4441
ホームページ http://www.j-n.co.jp/
ＤＴＰ　株式会社ラッシュ
印刷所　大日本印刷株式会社
製本所　株式会社ブックアート

フォーマットデザイン　鈴木正道（Suzuki Design）

ISBN978-4-408-55207-1（文芸）